論語

珍藏版

于立文 主编

柒

辽海出版社

目 录

司马光阐述的齐家思想……………………（1）
己欲立而立人……………………………（9）
　　忠臣楷模诸葛亮……………………（11）
　　吕蒙博学多识有远见………………（16）
　　范式诚实守信于约定………………（17）
　　黄雀衔环报恩传奇…………………（24）
学而不厌，诲人不倦……………………（30）
　　孔子教育弟子勇毅力行……………（31）
　　柳公权戒骄戒躁成名………………（41）
志于道，据于德…………………………（42）
　　晏子巧语责齐王……………………（44）

管宁16岁割席拒友 …………………… (45)
　　良相典范房玄龄 ……………………… (47)
　　天下第一谏臣魏徵 …………………… (52)
　　范仲淹大义创义庄 …………………… (59)
　　苏轼的慈善仁义之举 ………………… (64)

用之则行，舍之则藏 …………………… (71)
　　燕昭王谦虚招贤纳士 ………………… (73)
　　执法如山的包拯 ……………………… (74)
　　满腹经纶的耶律楚材 ………………… (83)
　　李汰黄金难换腐儒心 ………………… (91)
　　张员外不发不义之财 ………………… (95)

求仁而得仁 ……………………………… (101)
　　赵奢不畏权贵收税 …………………… (103)
　　曹操割发以明军纪 …………………… (104)
　　孙权察人律己之德 …………………… (109)
　　娄师德的宽厚品德 …………………… (114)
　　刚直清廉的海瑞 ……………………… (120)

乐在其中 ………………………………… (125)
　　孔子的信行与报恩 …………………… (127)
　　孟子提倡的诚信思想 ………………… (134)

荀子践行诚信思想 …………………… （142）

司马迁不负父命 ………………………… （150）

三人行必有我师 …………………………… （152）

徐光启诚恳拜师 ………………………… （154）

唐寅求教绘丹青 ………………………… （158）

张曜虚心拜妻为师 ……………………… （163）

杰出谋士范文程 ………………………… （165）

近代第一人臣林则徐 …………………… （172）

中兴名臣曾国藩 ………………………… （179）

躬行君子，吾未之有 ……………………… （185）

兵学鼻祖孙武 …………………………… （187）

兵家用兵神将吴起 ……………………… （192）

赫赫杰出战神白起 ……………………… （199）

太史慈守信誉赴约 ……………………… （206）

廉范无私义薄云天 ……………………… （207）

君子坦荡荡 …………………………………… （213）

千古一帝秦始皇 ………………………… （215）

王戎捉贼识苦李 ………………………… （219）

王羲之水饺师傅 ………………………… （222）

杨翥宽厚睦四邻 ………………………… （223）

　　吕留良题联自警……………………（227）
人之将死，其言也善……………………（231）
　　智勇双全战将王翦…………………（233）
　　德圣武神国栋廉颇…………………（238）
　　常胜名将大将军李牧………………（246）
　　刘德不浮夸虚心学习………………（253）
　　李杜友情千古传佳话………………（254）
　　柳刘成为生死之交…………………（260）
犯而不校………………………………（268）
　　中华第一勇士蒙恬…………………（270）
　　董宣舍生取义不低头………………（276）

司马光阐述的齐家思想

周敦颐创立的北宋时期理学,是以儒家纲常伦理为核心而构建的。纲常即"三纲"和"五常",是儒家伦理文化的主体,在"修身、齐家、治国、平天下"儒家古训中占有重要地位。在宋代涌现的一批实践儒家古训的志士仁人中,与周敦颐同时代的司马光,是其中的一个典范。

司马光是北宋时期史学家和文学家。历宋仁宗、宋英宗、宋神宗、宋哲宗4朝,卒赠太师、温国公,谥号"文正"。他为人温良谦恭、刚正不阿,做事用功刻苦、勤奋,其人格

堪称儒学教化下的典范,历来受人景仰。

司马光为了"齐家",除了自己以身作则外,还将历史上记载的这方面的人和事写进《家范》4卷中,让家人以此为榜样共同治家。

"家范",顾名思义就是家庭成员的规章和典范。《家范》以《序》、《治家》为开头,论述了治家的重要性和家庭各成员应该遵循的道德准则。家庭从《祖》开始,依次论述了《父》、《母》、《子》、《女》、《孙》、《伯叔父》、《侄》、《兄》、《弟》、《姨姐妹》、《夫》、《妻》、《舅》、《舅姑》、《妇》、《妾》、《乳母》18个家庭角色。

在这之中,司马光用大量篇幅讲述的是《治家》、《祖》、《父》、《母》、《子》、《女》、《兄》、《弟》、《夫》、《妻》这些家庭角色。

在《治家》一章中,司马光讲述了这样一个故事:少数民族首领吐谷浑阿豺临死时,让20个儿子中的19人各折断一根箭,然后用绳子捆在一起,再让另一个去折这19支箭,结果折不断。

司马光用这件事告诫子孙:只要大家齐心协力,就会有力量,就会克服困难和战胜外侮。这说明治家不能只顾自己一人，如果那样将是一件很可怕的事情。

司马光还提出当家人要治好家，必须对家人无厚薄之分。为此，他用孔子的话作证："均无贫、和无寡、安无倾。善为家者，尽其所有而均之，虽粝食不饱，敝衣不完，人无怨矣。夫怨之所生，生于自私，及有厚薄也。"

意思是说：家里的财产分配均匀，就没有人贫穷；家里的人能够和睦相处，大家就会团结在一起；家人相安无事，家庭就不会有祸害。善于治家的人，将所有财产都平均分配，即使是每天吃粗茶淡饭、穿破旧衣服，甚至吃不饱穿不暖，人们也不会有怨恨产生。怨恨之所以产生，是因为家长自私自利而且对待别人不公平。

在《祖》一章里，司马光讲述了两个故事，一个故事说，北宋时期一位名臣的祖先不教子孙礼仪和德操，只留下丰厚的财产，结果自己卧病在床，儿孙们偷去钥匙争抢财产；另一个故事说的是春秋战国时期的楚国令尹孙叔敖，他教育儿子不与别人争封地，结果封地世袭10多代。

司马光用这两个故事告诫家人：做祖辈的应从长远考虑，做真正有利于子孙的事，这样才能弘扬正气，家族兴旺。

在《父》一章里，司马光用春秋战国时期卫国大夫石蜡谏卫庄公的话说明做父亲的应该如何教育子女和疼爱子女。石蜡的谏言是："臣听说过疼爱孩子要用义德规行去教育他，使他在人生路上不走邪路。过分宠爱会使他产生骄傲、奢侈、淫荡、放纵，这4者会使他走上邪路。教育孩子应该从小抓起，不要认为孩子小、不懂事而放纵他。"

在这一章里，司马光还用曾子妻子哄孩子不哭时说过回来杀猪给孩子吃，后来曾子真的杀了猪的事，告诫做父亲的不能对孩子说假话。此外，司马光还用陈亢的事说明教育孩子一定要多读书、懂礼仪，这样才会使他们有出息。

在《母》一章里，司马光说："做母亲的不用担心她不疼爱孩子，担心的是只知爱孩子而不知教育孩子的道理。"他认为做母亲的对孩子的教育非常重要。司马光在这一章中讲述了很多故事：作为母亲应该像周文王的母亲那样，从怀孕起就进行胎教；像孟母那样择邻而居。

他还引用了唐代侍御史赵孟武不读书，去打猎，用猎物孝敬母亲，遭到母亲训斥，儿子听后发愤读书，考中进士，当上廉官。唐代天平节度使柳仲郢的母亲为了让孩子发愤读书，用苦参、黄连碾成粉末，与熊胆和在一起，每晚让孩子口含读书，免得打瞌睡。

他还讲了春秋战国时期齐国丞相田稷子用下属贿赂的金银送给母亲，母亲没有要，反而说："这种事只有不孝顺的儿子才会干，你不是我儿子。"

田稷子感到羞愧不已，把金银退回给下属后又到齐王那里去请罪。齐宣王表扬了他母亲，看在他母亲的面上没有给他定罪，而且官复原职，另赐金银给他的母亲。

他还讲了汉代京兆尹隽不疑每天审判囚犯后回家，母亲必问："今天有没有冤枉好人？"如果听到有人喊冤时，她就吃不下饭。所以隽不疑做官严明不残忍，无冤案。

司马光还引用东晋陶侃借管理鱼池之便，腌鱼送给母亲，均遭到母亲的训斥等。告诫天下做母亲的都

要教育孩子走正路，当官就要当清官。

在《子》一章里，司马光用大量篇幅讲述了历代做儿子的如何孝敬父母的事例。

说的是父母活着的时候，尽其所有让父母吃好穿好，不生气；父母有病时，儿子应该千方百计，哪怕是变卖所有家产也要给父母治病，有的甚至亲自去尝粪便帮助医生用药；父母死后要安葬好并在逢年过节时祭奠。所举例子中有汉文帝、北齐孝昭帝、孔子、孟子及历代大臣显贵等孝敬父母的事例，也有因为尽孝而在民间被奉为楷模的普通百姓。

在《子》这一章的最后，用《礼记》中《内则》里的一段话告诫天下做儿子的要真正孝敬父母，必须在父母生前死后都要做好事，不做一件坏事，给父母带来好名声。如果做一件坏事，给父母带来恶名，那就是大不孝。如果能使父母荣耀显赫，那才是孝道的最终目标。

他认为，做儿子的要做到：处上位不骄傲；处下位不作乱；在众人面前不争高低。如果做不到这3点，即使每天给父母煮牛羊肉吃，也算不上是孝子。

在《女》一章里，司马光告诫做女儿的一定要做个贤女,嫁出去也要恪守孝道。做贤女必须读《论语》、《诗经》、《礼》等经典著作。

司马光说:"古代贤女没有不喜欢读书学习的。"并用汉代几个贤后妃的例子加以说明。特别强调独女和没有兄弟的女儿们,更应该恪尽孝道,赡养父母,让父母享受到儿女的孝心。

在《夫》一章里,司马光先用《易经》的话说明夫妇之道是天地间的大义,是风俗教化的本原,不可不重视。

司马光推崇汉代梁鸿娶妻不看外表容貌,注重女子的高尚志趣,结果夫妻两人一辈子相敬如宾,妻子始终与他举案齐眉;还有汉代鲍宣娶富户家闺女,退回女子陪送的丰厚嫁妆,让妻子跟他过贫贱生活,靠自己的双手劳动度日。

司马光对历史上庄周死妻击鼓而歌,汉代山阳太守薛勤死妻不哭,还庆幸何不早夭,对他们这种悖于礼仪的行为进行抨击。相反的,对汉代太尉妻死和儿子一起穿丧服哀悼表示赞扬。

司马光认为,大丈夫应志在四方,不能因为妻子拖后腿而丧志。更不能一味听从骄悍之妻的唆使。不能像晋惠帝、唐肃宗那样因皇后骄悍不能保全宗室杨太后、太子,更谈不上治理国家了。

在《妻》一章里,司马光用的篇幅较长。开头用他自己的话说:"夏代的兴起是因为涂山女的功劳;而桀的被放逐是因为妹喜的不贤;殷商的兴起是因为有诚氏的贡献;而商纣的灭亡被杀是由于宠幸妲己;周朝的建立是由于姜嫄、大任的帮佐;而周幽王的被擒是宠信褒姒的结果。"用一正一反的几个例子说明做妻子的要贤德。

司马光用古代贤内助的例子提出,当官的妻子一定要让丈夫清正廉洁。

他举例说,春秋战国时期的乐羊子在路上拾到一块金子回来交给妻子,妻子说:"我听说有志者不喝名叫盗泉的水,廉洁的人不接受施舍的食物,你在路上捡金子回来,这不是有污品行吗?"

乐羊子非常羞愧,将金子放回原地等待失主。后来出去求学,一年后又回来了,妻子问他为什么回来,乐羊子说想妻子了。妻子听后剪断织布机上的丝线教育丈夫,半途而废就像剪断的丝一样一事无成。乐羊子第二天又去求学,7年后功成名就。

在其他章节里，司马光主要是用历史名人的例子，提倡应该树立互相帮助，尊老爱幼的家庭成员的典范。

司马光的《家范》是他家教的一部重要著作，被后世称为"四范"之一。不仅丰富了儒家"修身、齐家、治国、平天下"思想，也对北宋理学的建立和发展产生了重要的推动作用。

司马光在《家范》中提倡的家庭伦理、道德观念，对后世产生了深远的影响，至今仍有教育意义。

己欲立而立人

子曰："中庸①之为德也，其至矣乎！民鲜久矣。"

子贡曰："如有博施于民，而能济众②，何如？可谓仁乎？"

子曰："何事于仁，必也圣乎！尧舜③其犹病④诸！夫⑤仁者，己欲立而立人，己欲达而达人。能近取譬⑥，可谓仁之方也已。"

【注释】

①中庸：中庸是孔子的最高道德标准。中，谓之无过无不及。庸，平常。

②众：指众人。

③尧舜：传说中上古时代的两位帝王，也是孔子心目中的"圣人"。

④病：病，担忧。

⑤夫：句首发语词。

⑥能近取譬：能够用自身打比方。

【解释】

孔子说："中庸作为一种道德，该是最高的了吧！人们缺少这种道德已经为时很久了。"

子贡说："假若有一个人，他能给老百姓很多好处又能周济大众，怎么样？可以算是仁人了吗？"

孔子说："岂止是仁人，简直是圣人了！就连尧、舜尚且很难做到呢。至于仁人，就是要想自己站得稳，也要帮助别人一同站得稳；要想自己过得好，也要帮助别人一同过得好。凡事能就近以自己作比，而推己及人，可以说就是实行仁的方法了。"

【故事】

忠臣楷模诸葛亮

诸葛亮从小就失去了父母，跟随叔父到了襄阳。叔父去世后，诸葛亮和弟弟一起来到隆中卧龙岗，一边种田一边读书。年轻的诸葛亮博览群书，喜欢钻研学问，积累了丰富的知识。

他在隆中结交了不少渊博学者，经常同他们一起游玩、交谈。诸葛亮对自己的能力非常自信，常自比历史上的杰出政治家管仲、乐毅，渴望在当时群雄割据的局面中施展才华。

诸葛亮27岁那年，遇到了刘备。诸葛亮向刘备提出了先在荆州立足,再占益州,和孙吴及南方蛮夷结盟,抗拒曹操的战略方针,这就是有名的隆中对。刘备听了诸葛亮的高论,为其才智所折服,便请诸葛亮出山辅佐自己。诸葛亮离开隆中,做了刘备的军师。

208年,曹操率大军南下,准备统一南方。东吴孙权想联合刘备共同抗击曹操,诸葛亮很高兴,就去了东吴。

东吴阵营中有主战派,也有主降派,诸葛亮当着东吴孙权的面舌战群儒,用激将法,使孙权下决心抗击曹操,结成了孙刘联盟。

在接下来的赤壁之战中,孙刘联军利用火攻大败曹军,这一仗为刘备在南方立足和后来三分天下奠定了基础。

赤壁之战后,诸葛亮帮刘备取得了荆州。后来,他又帮助刘备取得了益州。

221年，刘备在成都称帝，建立了蜀国，诸葛亮做了丞相。每当刘备出兵征伐时，诸葛亮便负责镇守成都，为刘备足食足兵，如汉中之战就替刘备提供了资援。

诸葛亮在汉中休士劝农期间，充分利用了这里优厚的经济条件，因地制宜地采取了一系列发展生产的得力措施，使刘备北伐的军资，基本上就地就得到了解决。

他休士劝农，实行军屯，使汉中重新得到发展，逐步到达人多、粮多的良性循环，使百姓"安其居，乐其业"。

此外，诸葛亮亲自考察后修筑的"山河堰"等水利工程，至今还是汉中地区灌溉面积最大的水利工程。据说山河堰可以灌溉农田4.6万亩。诸葛亮时修筑的一些堰渠经历代使用维修，一直沿用至今。

这些事实说明，汉中盆地古代农田水利设施至今所产生的实际效用和不断改进利用，与诸葛亮当年在汉中休士劝农时，开拓农田、兴修水利、发展生产的丰功伟绩是分不开的。

建蜀初年，蜀国南部少数民族发生叛乱。诸葛亮

 论语

亲自率兵南征,去平定叛乱。诸葛亮善于用兵,七次擒获叛王孟获,但他每次都放了孟获,最后使孟获心悦诚服,安心归蜀。

诸葛亮不仅军功卓著、治国有方,他的艺术造诣也是很高的。

诸葛亮喜爱书法,在青少年时代就进行过刻苦的训练,能写多种字体,篆书、八分书、草书都写得很出色。即使战事十分紧张频繁,他仍然不忘临池挥毫。他的很多书法作品被北宋皇宫内府所珍藏。

唐朝张彦远在《历代名画记》中写道:

诸葛武侯父子皆长于画。

张彦远记述当时一些近代画家,如阎立本、吴道子等人绘画作品的售价:"屏风一片值金两万,坎者售一万五千,""一扇值金一万。"并说汉魏三国画家的作品,在唐代已是"有国有家之重宝","为世代之珍"。

从张彦远的记述中,可以大致看到诸葛亮在我国美术史上的历史地位和艺术成就。

诸葛亮精通音律，喜欢操琴吟唱，有很高的音乐修养。他既会吟唱，又善操琴，同时他还进行乐曲和歌词的创作，而且还会制作乐器，如制作七弦琴和石琴。不仅如此，他还写有一部音乐理论专著《琴经》。

诸葛亮的文章也写得非常好，《前出师表》、《后出师表》、《诫子书》等，千百年来一直广为传颂。

诸葛亮还有很多发明创造，比如木牛流马、孔明灯、诸葛连弩、八阵图、孔明锁、木兽、地雷等，无不展示出他长于巧思的才艺。

诸葛亮一直没有忘记统一天下的愿望。

227年，诸葛亮向刘禅上了《出师表》，安排好内政，出兵北伐。蜀军进军顺利，后来由于派马谡守街亭，导致街亭失守，蜀军被迫撤回。为严明军纪，诸葛亮挥泪斩了马谡，并自贬三级。

234年，诸葛亮开始第六次北伐。

他率领10万大军，占据武功，在五丈原扎营，与魏军在渭水两岸形成对峙局面。由于司马懿采取坚守的方针，在速战不成的情况下，诸葛亮令士兵屯田，准备长期坚持。

8月间，诸葛亮积劳成疾，病逝于五丈原军中，

终年54岁。死后安葬在定军山。

诸葛亮临终时还留下退军密计,导演了一场"死诸葛吓退活司马"的好戏,使蜀军安全撤回。

诸葛亮的一生是奋斗的一生,真正做到了他所说的"鞠躬尽瘁,死而后已"!

吕蒙博学多识有远见

吕蒙,字子明,汝南富坡(今安徽阜南东南)人,三国时期吴国著名军事家。受孙权之劝,多读史书、兵书,学识渊博。吕蒙曾经乘名将关羽北伐曹魏、荆州空虚之时,偷袭荆州成功,使东吴国土面积大增。吕蒙历任别部司马、平北都尉、横野中郎将、偏将军、寻阳令、庐江太守、汉昌太守、南郡太守等职,封孱陵侯。建安二十四年去世,享年四十二岁。

吕蒙年少时,南渡长江,跟随在姐夫邓当身边。当时邓当身为孙策的部将,数次征伐山越。那时的吕蒙年仅十五六岁,也私自随邓当一同作战,且无比勇敢。

孙权继位后，吕蒙更得重用。从破黄祖做先锋，封横野中郎将。从围曹仁于南郡，并于濡须数御曹军，屡献奇计，累功拜庐江太守。

吕蒙在军旅之时，在孙权的劝说下发愤读书，深为孙权、鲁肃所依赖。后进占荆南三郡，计擒郝普，于合淝奋勇抵抗魏军追袭，以功任左护军、虎威将军。

217年1月，曹操出兵40万来攻打东吴。东吴孙权召集文武百官研究对策，大将吕蒙建议在濡须口修筑船坞。

孙权称赞道："人无远虑，必有近忧，吕蒙有远见。"

于是下令连夜修建船坞。等魏军到时，船坞已修好，魏军在这一战中损失惨重。

范式诚实守信于约定

东汉明帝永平年间，一个明朗的秋天，在汝南郡的一个村子里，青年学者张劭正在自家的庭院中来回

 论语

踱步，不时侧耳听听院外的动静，好像在等什么人。他嘴里不住地叨念着："巨卿兄，你怎么还不到呢？"

张劭说的这个巨卿，就是山阳郡人范式，字巨卿，是张劭在太学里的同学，两人多年寒窗相伴，结下了深厚的友情。

两年前，他们同日离开京都洛阳回家，分手的时候，两人依依不舍，洒泪而别。那一天正好是九九重阳节，当时他们约定，两年后的今天，范式来汝南郡探望张劭。

光阴飞逝，两年的时间转眼就过去了。越是临近约定的日期，张劭的心情就越是不能平静。他急切地盼望着与好友重新欢聚，以至于坐卧不宁，寝食不安。

张劭的老母亲见儿子这样，怕他急坏了身子，就劝他道："儿啊，何必如此心焦，朋友之间，总有机会见面的。再说，山阳郡离咱们这里有上千里的路程，又

是两年之前随口说的话，到现在人家怕是早都忘记了，你也别太认真了。"

张劭认真地答道："娘，您不了解巨卿，要说巨卿这人，那是当今天下数一数二的诚实君子，他做事情从来没有违反过大义；他说过的话从来没有不兑现过。讲好要来，他是绝不会失约的。"

母亲说："你这孩子啊，真是实心眼！好吧，我就给你准备酒宴招待客人吧！唉，我只是怕你急坏了身子啊！"

张劭说："不会的，巨卿一到，我还会高兴得年轻几岁呢！您就放心地去准备吧！"

重阳节终于到了，张劭一家人早早起来，把酒杀鸡，忙活了半天，备好了一桌丰盛的酒菜。可是，范式还没出现。张劭简直望眼欲穿了，他整好衣装，急步走到村头，立在大树下等候。

看看到了正午，正是两年前他们分手的时刻。就见一辆马车从远处飞奔而来，车到大树下停住，下来一个书生打扮的中年人，向张劭疾步跑来，张劭定睛一看，来人正是范式！

两人跑到一起，各施大礼，然后紧紧拥抱。张劭说:"大哥果然不远千里赶来赴约。不过,为何不早到几天,让小弟等得好心焦啊!"

范式说:"贤弟,只怪我心里着急,又加上饮食不慎,途中病倒在客栈里。要不是店家好心照看,我几乎要丧命了。"

张劭一看,范式果然是一副病容,身子轻飘飘的,好像还站不稳似的。张劭很有点不过意,说:"大哥为了看我,病成这样,小弟真是有罪了。"

范式笑了起来,说道:"你我两人还要说这些客套话吗?我要是今天见不到贤弟,那才是会急死呢,快领我去拜见伯母吧,我还带了些薄礼来孝敬她老人家呢!"

范、张两人久别重逢,更觉得难分难舍,他们白天一起谈论学问,夜晚在一张床上安眠。

一天,范式感慨地说:"我们两人就像古时候的伯牙和钟子期一样啊,真是生死之交。"

张劭说:"我们虽不是同年同月同日生,但是将来谁要是先走一步,另一个一定要在他身边为他送葬。"

范式说:"那当然是我这做兄长的先死,你可要为我送葬呀!"

张劭开玩笑说:"要是我先走一步了呢?"

范式说:"那不管我在何处,一定会驾着白马素车,身披白练,赶来为你送葬的,你可要等我呀!"

说完,两人都大笑起来。

几天之后,范式辞别张劭一家回山阳郡去了。这边张劭继续读书种地,奉养老母。不料,没过一年,张劭忽然得了个暴病,不到几天,张劭就已经奄奄一息了。

临终之际,张劭的同乡老友郅君章、殷子征来看望他。他们拉着张劭的手,流泪说:"元伯,你放心去吧,还有什么心事就请对我们讲吧!"

张劭叹了口气说:"我死而无怨,只是等不及我那生死之交的好友来给我送葬了。"

郅君章、殷子征两人奇怪地问:"难道我们还不能算是你的生死之交吗?"

张劭说:"你们对我友情深重,但你们只是我活着时的朋友,而山阳范巨卿却无论我是死是活,都是我的好友啊!"顿了一下,张劭又说,"有件事情,想托你们办一下。请你们务必派人去山阳郡通知范巨

卿,请他尽快赶来,不然,我就等不及了。"

郗君章、殷子征两人答应了张劭的请求,派人骑快马到山阳郡报信去了。

范式回到山阳郡后,当地的郡守听说了他的名声,就请他做了郡府的功曹,掌管全郡的礼仪、文教事情。官虽不大,公务却很繁杂。范式尽心职守,把事情办得井井有条,郡守对他十分赏识,有心要再提拔他。

这一天,范式梦见了张劭,只见张劭头戴黑色王冠,长长的帽带一直垂到脚下,脚上穿的是一双木鞋,好像一位古代的君王。再看张劭脸上一副焦急的样子,好像在呼喊自己,可就是喊不出声音。

范式从梦中惊醒,浑身冷汗。他想,难道贤弟已经作古了吗?这个梦实在不吉利。不行,我要去汝南看看贤弟。

第二天,范式辞别郡守,郡守再三挽留不住,心中十分惋惜。因为,范式这一走,不但提升职务的事吹了,而且连功曹的官职也要丢掉。范式哪里顾得了这许多,他借了匹快马,日夜兼程地向汝南郡赶去。

范式在途中正遇上张劭派来向他报信的人。他一听这消息,当时就口吐鲜血晕了过去。醒来之后,范式买了白马素车和奔丧用的物品,亲自驾车飞奔而来。一路上,人们都看见这辆飞奔的丧车:白色的马,白色的车,车上的人穿着麻衣,身披白练,不断抽打着马儿飞跑。

可是,就在范式赶到的头几天,张劭已经去世了。老母亲记着儿子的嘱咐,一连等了范式3天,后来实在不能再等,只好把丧事办了。到出殡的这天,当地仰慕张劭名声的人都赶来了,送殡的队伍少说也有上千人。

说来也奇怪,那辆载着张劭灵柩的马车走到村口大树下时,车轮突然陷进一个土坑,任凭众人死命地往外拉,车也是纹丝不动。

张劭的母亲哭倒在灵车上说:"儿啊,娘知道你的心愿,可是,山阳郡离这里千里之遥,巨卿实在是赶不到啊!"

正在这时,远处一辆白色马车飞驰而来。张母回首一望,说道:"这一定是山阳郡范巨卿来了。"

果然,这正是范式的白马素车。车到近前,范式跳下车来,扑到张劭的灵柩上痛哭起来,边哭边说道:"贤弟,哥哥来迟一步,让你等急了啊!"

论 语

过了一会，范式止住哭声，说道："贤弟，你该去安息了，哥哥送你下葬。"说着他招呼众人扶住车辕，大家使劲一推。真是怪了，这回灵车一下子就出了土坑，又向墓地移动了。

众人见此场面，又感动又吃惊，都赞叹范、张两人真是生死之交，诚信君子，说是由于他们两人的信义感动了上天，才出现了这样的奇事。

范式安葬张劭后，信守当初的诺言，为好友守墓3年。

范式和张劭生死之交，其信义之风，为后人所敬仰。为纪念这两位信义贤者，范式家乡的人们遂将其村子改名为"鸡黍"，并建立了"二贤祠"，供奉范式、张劭。

黄雀衔环报恩传奇

杨宝是成语"结草衔环"中"衔环"典故的主人公。此事虽属迷信，但后人以此比喻感恩图报。杨宝是东汉弘农郡华阴人。据说杨宝9岁时，在华阴山路上，看到一只被猫头鹰咬伤的黄雀，从天空掉下来，接着又有无数的蚂蚁爬在黄雀的身上，吸食它的血。杨宝见黄雀痛苦地挣扎，于心不忍，就把这支受伤的黄雀带回家饲养，等到它伤愈之后，又放它飞走了。

有一天晚上，杨宝梦见黄雀飞回来报恩，它自称是西王母娘娘的使者，同时口里衔着4枚白环要献给杨宝，并且说将来杨宝的子孙都会像这白环一样晶莹高贵。

果然，日后杨宝的儿子杨震、孙子杨秉、曾孙杨赐、玄孙杨彪，一个个都飞黄腾达，而且他们的品德操守方面都非常的清白，当时成为了传奇。

杨震少年时候，家贫而与母亲独居，靠租种别人家的地养活母亲，乡里人都称赞他孝顺。他在注重品德修行的同时，还特别注意笃学儒

家学说，被人称为"关西孔子"，后来成为远近有名的贤良才子。

杨震还善于清廉独处，几经朝廷邀请才出仕做官，先后任过东来和涿郡太守、太尉。任职后，也不忘品德修养，秉公办事，不徇私利。

有一次，杨震的学生王密，拿了10斤黄金深夜来访，谢他栽培之恩。杨震说："我是看你有才，才荐你做官，你怎么不了解我呢？"

王密说："夜里无人知晓，收下吧！"

杨震说："天知、地知、我知，你也知，怎么能说无人知晓呢？做官一任，造福一方，为民当官，以廉为本，如以为人不知晓而受贿，岂不是伤天害理，欺世盗名！"

说得王密十分惭愧，持金而退。

非但如此，杨震还要把清正廉洁家风传给后代。一些亲朋故友见他公而忘私，就劝他为儿孙打算，置办些家产留给儿孙。他说："让后代成为清官后代，不也是一份很贵重的遗产吗？"

东汉末年，宦官当道，外戚专权。杨震因揭露樊丰、周广等人假传皇令，耗费巨资修宅第受到陷害，太尉印绶被收,罢免官职,朝野都被震动。

杨震满怀悲愤地回到故里,对儿孙家人说:"清廉刚直、以诚为民,是做官的本分。怕只怕那些狡猾的奸臣不能杀掉,我有什么面目重新见到日月!我死之后,用杂木做棺,用单被盖上即可,不要设置祭祠。"

杨震说完这话,为表心志,毅然饮鸩而死,以此正气守节教育他的儿子们。

杨震生有5个儿子,都受到家庭熏陶。其中杨秉尤为出类拔萃。杨秉少年时秉承父业,博通书传,在家乡教书。直至40多岁被举荐,拜侍御史,后历任豫州、荆州、徐州刺史。

杨秉不仅继承了父亲的学问、气节,还继承了父亲清廉刚直品格。身为刺史,"计日受禄",余下俸禄一文不取。

杨秉任官执法如同父亲,秉直刚正,疾恶如仇。

一次,他检举揭发地方贪官昏官50人,上报朝廷严肃处理,"天下莫不肃然",全国为之震动。

杨秉一生与宦官斗争,有智有谋。晚年他总结说道:

　　　　　我有三个不能被诱惑：酒、色、财。

　　无欲则刚，所以他能大智大勇、大公无私。杨秉不但承继了好家风，而且有所发展。

　　杨秉的儿子杨赐，也继承了祖父辈传承下来的正直清廉家风，因"少传家学，笃志博闻"，被推荐为汉灵帝刘宏的讲学老师，后来拜为太尉，经常为国直言上书。

　　杨赐曾经上书抨击朝政，用人不论德才，善恶同流。汉灵帝不以为然。后来，杨赐因向汉灵帝面谏，请求改弦更张，罢斥奸邪官吏，结果触怒宦官曹节。杨赐只因为对汉灵帝有"师傅之恩"，才免于死罪。

　　杨门第四代杨彪为杨赐的儿子，也少传家学，举为孝廉，终生不畏强暴。最初因通晓典章制度，被朝廷征为议郎，与父杨赐同朝为官。

　　当时的宦官王甫的门生独占官府财物价值70万，杨彪发现之后立即揭发，汉灵帝准奏后，王甫的养子王荫、王吉、太尉段颎同被处死。这件为民除害的事，大快天下，杨彪本人名声也大震。后因阻止奸臣董卓乱权，被董卓罢官。

汉献帝当皇帝后，任杨彪为太尉。为了有利于国家统一，杨彪一直"尽节卫主"，几经被害。曹操"挟天子以令诸侯"时，只因杨彪声望影响很大才免于一死。

曹丕建立魏国自立皇帝后，要杨彪出任太尉，杨彪固辞不受，表现了他对大汉王朝的忠诚。

杨彪的儿子杨修"好学，有俊才"。曹操嫉恨他的才能，借故把他杀了，以解自己杀不了杨彪之恨。

杨修虽没有像他的前辈那样铸成彪炳品德，但也表现了他的为人耿直，也为后人所崇敬。据《汉书·杨震列传》记载：

> 自震至彪、四世太尉、德业相继。能守家风，为世所贵。

这就是杨家公而忘私，忠诚守信，持节不渝的家风。

论 语

学而不厌，诲人不倦

子曰："述而不作①，信而好古，窃②比于我老彭③。"

子曰："默而识④之，学而不厌⑤，诲⑥人不倦，何有于我哉？"

子曰："德之不修，学之不讲，闻义不能徙，不善不能改，是吾忧也。"

【注释】

①述而不作：述，传述。作，创造。

②窃：私，私自，私下，谦词。

③老彭：人名，殷商时代一位"好述古事"的"贤大夫"。

④识：记住。

⑤厌：满足。

⑥诲：教诲。

【解释】

孔子说："只阐述而不创作，相信并且喜好古代的东西，我私下把自己比做老彭。"

孔子说："把所见到、听到的知识默默地记在心里，努力地学习而不感到满足、厌倦，教导别人而不感到疲倦，这些事情我做到了哪些呢？"

孔子说："对品德不去修养；学问不进行讲习；听到合乎道义的事不去做；有过错的地方却不能改正，这些正是我所忧虑的啊！"

【故事】

孔子教育弟子勇毅力行

周文王推演而成《周易》后，其中的"天行健，君子以自强不息"的精神被历代发扬光大。最初将这

 论 语

一精神用于实践的,是春秋时期的儒家创始人孔子。

作为一个伟大的教育家,他认为,仁者不忧,智者不惑,勇者不惧。为此,他以仁、智、勇"三达德"为核心教育弟子,要求弟子做到勇毅力行,至死不变。这是孔子思想的基本内容之一,也是儒家文化的重要内容。

"三达德"的养成重在勇毅力行,坚持到底。孔子在教育实践中始终贯彻这一精神要旨。

有一次,孔子和弟子们优游讲学于郊野。听说附近住着一位远近闻名的老农,年已70岁,身体健康,勤劳俭朴,遇事礼让,附近百姓遇到大小事都去找他询问,有什么纠纷口角也请他出面调解,只要他说一句话,问题就解决了,便很想前去拜访他。

孔子一行找到了老农的居所。只见房屋虽小,但墙壁用泥抹得平整光亮,屋顶茅苫盖得整齐严实,屋内屋外打扫得干干净净。孔子和弟子进入屋内,只见老人腰背挺直,正在厨房用陶鬲煮饭。见到这些不速之客,老人连忙放下炊具,躬身相迎。

孔子向老人介绍了自己的身份和来意。接着问道:"老人家,你还有什么亲人吗?"

老人答:"有一个儿子和儿媳、孙子。"

孔子又问:"你这么大年纪了,为什么不同他们一起生活呢?"

老人说:"他们孝顺我,好的东西常常先给我享用,孙子也经常来看我,身上的衣服全是儿媳做的。现在我自己还能自理,若和他们生活在一起,就加重了他们的负担,所以就自己独立生活了。"

孔子说:"这也算得是父慈子孝了!"

老人随即取来盂,装着饭吃了起来,边吃边说:"香啊!甜啊!先生你看这饭是多么香啊!你不嫌弃的话,也请你尝尝。"

孔子高兴地接过老人送上的饭,恭敬地祭天地后,也跟着有滋有味地吃了起来,就像在吃国君分给他的祭肉一样。

老人又为每人盛了一盂,孔子边吃边赞赏地说:"好啊,真是又香又甜的美食!"吃完饭后,他们又和老人闲聊了一阵,才起身告辞。

在路上,子路问老师:"先生,陶甂和盂是最粗陋的炊具器皿,用它煮的饭食是最低下的饭食,先生如何吃得这样高兴呢?"

论 语

孔子说:"一个喜欢劝谏君王的臣子,其必然时时想着的是君王;一个孝顺的儿子,当他拿着美味的佳肴后,必然先想到的是他的父母;一个想为百姓做好事的人,也必然是和百姓想的一样。今天,我不是看他的炊具器皿是否尊贵,而是看他待人的态度,老人虽已年迈,但有那样健康的心态对待他人,享受人生,真的令人如沐春风啊!他的那份热情难道不感染你吗?"

颜回说:"从他的盛情就可看出,他是个道德高尚的人啊!"

孔子接着说:"知足常乐,心地坦坦荡荡,这种高尚的人寿命将会很长。这就是仁者不忧啊！"

一天，孔子带着子路、子贡、颜回路过农山。农山险峻高耸，景色秀丽，孔子师徒即登山一游。登上山顶后，孔子望着壮丽山河感叹说："登高望远，令人心潮澎湃，你们各自来谈谈心中的志向吧！"

子路忙趋前说："我愿那前面宽旷的平原上，有一大队手执刀、枪、斧、钺的人马，呼啸着朝我杀来，在这样的阵势前面，我一人敢于仗剑杀敌，得地千里。"

孔子说："仲由，你真是勇士啊！"

子贡接着说："赐愿出使齐国和鲁国。这两个国家将要大战于广大平原，正当两军对峙之时，我敢站立于两军阵前，凭三寸不烂之舌，消弭战事，解除两国战争带来的痛苦。"

孔子说："端木赐呀，你的确能言善辩！"

两人听了孔子的评说后，颇感高兴。

而颜回却默然不语。孔子便招呼道："回啊，过来，你也来谈谈吧！"

颜回回答说："论文武之事，他们两人都已说过，我在这些方面远不及他们，我还有什么可说的呢？"

论 语

孔子说:"他们虽然都说了自己的愿望,但我还是想听你的志向啊!"

颜回说:"回曾听说过那极香的薰草和臭味难闻的莸草是不能同藏于一个器皿之中的,贤君尧和暴君夏桀是不能共同治理一个国家的,这叫物以类聚,人以群分。回只希望得一个圣明的君主,我就去忠诚地辅佐他,并在广大的百姓中,全面施以父义、母慈、兄友、弟恭、子孝的教育,引导他们的行为遵循礼乐,使国家的城郭可以不修而无忧患,沟池不修而无人逾越,把剑、戟、斧、钺等兵器全用来铸造农具,把那些作战用的牛马都放于水草丰富的原野上,使每个家庭再无离散的忧虑,使天下千秋万代免除战争祸根。这样,那仲由也用不着一人陷阵了,赐也不用那样滔滔雄辩了!"

孔子听后高兴地说:"回啊!你的愿望真好,这就是智者不惑啊!"

子路一时不明白孔子的意思,便问:"先生,我们都说自己的志向,你认为哪个符合你的心意呢?"

孔子极目远眺,神色肃穆地对着3个弟子说:"我的愿望是实现一个人民安居乐业,天下永世太平的大同世界，使'老者安之，朋友信之，少者怀之'，颜回所说的才是我的真正愿望啊！"

孔子一行从农山回到馆舍，大家还在议论不休。孔子今天特别高兴，他看到了颜回的仁德之心，也批评了子路的蛮勇，冷落了子贡的巧辩。

子路对先生今天的告诫没有想通，不太心服，他暗想：先生过去曾说过"勇者不惧"，我也是个勇者不惧的人，为什么今天不赞同我的观点呢？

于是他径直地去找孔子，问道："先生，您不是说勇者不惧么，而且还赞誉勇者有坚忍不拔的精神，勇往直前的力量！然而，先生今天在评论弟子的志向时，似乎与您过去的说法矛盾啊！"

孔子说："仲由呀，我说的'勇者不惧'，是有道德标准的。这个标准就是'义'，要依义而行。否则，就会恃勇逞强，给自己、给别人、给社会带来无穷后患！"

子路又问："一个好勇的人就会出现后患吗？"

孔子说："若是一个人血气方刚而不具有仁德，一旦别人对他怨恨，他就会凭自己的勇猛而激发作乱的。"

子路又问:"那有仁德的人不是也崇尚勇吗?"

孔子说:"一个有道德的人崇尚勇敢的,但崇尚勇敢时却把正义看作头等要紧的事。"

子路在众弟子中是最好勇又好义的,然而偏于意气用事也是一个缺点。孔子对他这一点非常忧虑,不时予以告诫,今天也是针对子路这个弱点而说的。

孔子见大家再没说话,便笑着说:"我的主张如果行不通,只好驾一条独木舟漂流到海外去归隐,到那个时候,恐怕能跟随我的只有子路了!"

子路听到这句话,有点急不可耐的样子。孔子见状指着子路笑着说:"子路的武功、勇气都超过我,但是他的脾气也超过我啊!"

子路又问:"先生,假使您打仗,您带哪一个?您总不能带颜回吧?他营养不良,体力不够,您总应该带上我吧?"

孔子听了子路的话笑了,他对子路说:"你像一只发了疯的老虎一样,站在河边就想跳过去,跳不过也想跳,这样有勇无谋怎么行?像你这种脾气,要打仗绝不带你,要带一定要带能做到'临事而惧,好谋而成'的人，遇事谨慎小心、深谋远虑的人，才能统帅三军啊！"

众弟子听了先生这番教诲，都受益匪浅。

孔子意犹未尽，他接着说："有德者必有言，有言者不必有德。仁才必有勇，勇国不必有仁。"

子路今天也深受启发，暗暗反省过去的鲁莽行为，内心愧疚起来。

孔子看出了他的心思，慈爱地对子路说："仲由呀！你的性格坦诚，敢想敢问，敢于发表自己的见解，先生就是喜欢你这样的人啊！一个道德高尚的人要做到3点，这就是'仁者不忧，智者不惑，勇者不惧'，可称之为'三达德'，你要随时用这3条来要求自己啊！"

子路说："请先生放心，仲由一定这样去做！"

子贡说："这3条不正是先生品德的自我写照吗！"大家都高兴地笑了起来。

孔子以"仁、智、勇"为"三达德"，并以此来教育弟子，使"三达德"成为儒家传统思想的一部分。其中仁是核心，智所以知仁，勇所以行仁，三者形成智、情、意一体的德性。

儒家一贯推崇勇德。孔子把勇作为践履仁德的条件之一，认为勇必须符合于礼义，并能智勇双全。勇德，作为传统道德的基本规范之一，强调的是勇毅力行，是人类社会带有共同性的传统美德。

在我国传统伦理文化中，表达勇的道德品质的概念还有刚、毅等。其内容主要包括体仁能慈、行义循礼、明智善断、临危不惧、知耻力行等。

直观地解释，"勇毅"就是做事有胆量、有勇气、有毅力；"力行"就是身体力行。由此可见，人格的完善，社会的进步，重心不在于言，而在于行。

勇毅与怯懦相对立，也与蛮勇、冒险相区别。勇毅只有从一定的原则和目的出发，即同"义"联系起来，才具有道德价值。

总之，"勇毅力行"是中华民族在践履道德方面所具有的德性和德行，或者说是在道德意志方面所体现的美德。

柳公权戒骄戒躁成名

柳公权，字诚悬，京兆华原（即今陕西铜川市）人。唐代著名书法家。柳公权书法以楷书著称，与颜真卿齐名，人称"颜柳"。

他的书法初学王羲之，后来他观遍唐代名家书法，认为颜真卿、欧阳询的字最好，便吸取了他们二人的长处，形成了自己的柳体，以骨力劲健见长，后世有"颜筋柳骨"的美誉。

柳公权从小就显示出在书法方面的过人天赋，他写的字远近闻名，他因此有些骄傲。

有一天，他遇到了一个没有手的老人，发现老人用脚写的字竟然比他用手写得还要好。

自此，他发奋练字，手上磨起了厚厚的茧子，衣袖补了一层又一层，仍然毫不松懈。他学习颜体的清劲丰肥，也学欧体的开朗方润，学习行草体的奔腾豪放，也学宫院体的娟秀妩媚。

他经常看人家剥牛剔羊,研究骨架结构,从中得到启示,于是不断改进字体的结构。他还注意观察天上的大雁、水中的游鱼、奔跑的麋鹿、脱缰的骏马等,把自然界各种优美的形态都熔铸到书法艺术里去。经过勤奋练习,虚心学习,最终成为了一代书法大师。

志于道,据于德

子之燕居,申申如也;夭夭①如也。

子曰:"甚矣吾衰也!久矣吾不复梦见周公②。"

子曰:"志于道,据于德③,依于仁,游于艺④。"

子曰:"自行束脩⑤以上,吾未尝无诲焉。"

【注释】

①夭夭:行动迟缓、斯文和舒和的样子。

②周公：姓姬名旦，周文王的儿子，鲁国国君的始祖，他是孔子所崇拜的所谓"圣人"之一。

③德：德者，得也。能把道贯彻到自己心中而不失掉就叫德。

④艺：艺指孔子教授学生的礼、乐、射、御、书、数等六艺，都是日常所用。

⑤束脩：干肉，又叫脯。束脩就是十条干肉。孔子要求他的学生，初次见面时要拿十条干肉作为学费。后来，就把学生送给老师的学费叫做"束脩"。

【解释】

孔子闲居在家里的时候，衣冠楚楚，仪态温和舒畅，悠闲自在。

孔子说："我衰老得很厉害了，我好久没有梦见周公了。"

孔子说："以道为志向，以德为根据，以仁为凭借，活动于六艺范围之中。"

孔子说："只要自愿拿着十条干肉来见我的人，我从来没有不给他教诲的。"

【故事】

晏子巧语责齐王

晏子是春秋后期一位重要的政治家、思想家、外交家。他是齐国上大夫晏弱之子,以生活节俭,谦恭下士著称。据说晏婴身材不高,其貌不扬。

齐景公特别喜欢养鸟。有一次,他得到一只非常美丽的鸟,派一个叫烛邹的人,给他养这只鸟。可是,过了几天,那只鸟飞走了。齐景公气得直跺脚,大声喊道:"烛邹,我要杀了你!"

站在一旁的晏子说:"是不是先让我宣布烛邹的罪状,然后再杀也不迟。"

武士们把烛邹绑来了。晏子绷着脸,严厉地对他说:"烛邹,你犯了死罪,罪有三条:

第一条,大王叫你养鸟,你不留心让鸟飞走了;

第二条,你使国君为一只心爱的鸟要动手杀人了;

第三条，就是这件事让别人知道了，都会认为我们国君只看重鸟而轻视百姓的生命，从而看不起齐国。所以国君要杀死你！

齐王明白晏子是在责备自己，他干咳了两声，说："算了，算了，把他放了吧！"

接着，齐王走到晏子面前，拱手说道："若不是您及时开导，我险些犯了大错呀！"

管宁16岁割席拒友

管宁，三国时人，著名学者。少年好学，家境艰难，有读书为国为民的思想。

管宁出生在三国时期，他16岁那年，父亲去世了，家里的日子过得很艰难。他的亲戚们都很关心他，有的送来了衣服，有的送来了粮食，他坚决不收，决心要完全靠自己的劳动养活自己。他为了实现自己的这一意愿，打点行装到外地去寻师访友，学习知识和本领。

 论 语

　　管宁在外地一边替人干活,一面寻找老师。他白天一有空闲,便去寻访,终于找到了一位好老师。管宁见这位老师有很多学生,就决心留下来学习本领。

　　同学们对人和善,见管宁远道而来,都很关心他。其中有个名叫华歆的同学与他特别好。两人情同手足,难分你我。学习的时候,他们坐在一张席子上读书;休息的时候,他们一起翻地种菜,挑水施肥。

　　有一次,管宁和华歆在后院锄地,忽然从地里刨出一块黄澄澄的金子来。管宁不为钱财所动,装作没看见,依然埋头锄地。华歆看见了黄金,两眼睁得大大的,脸上露出惊喜的神色,马上把那块黄金拾起来,擦去泥痕,往自己的怀里揣。可是,他看见管宁还在专心锄地,感到很惭愧,只得把已经揣进怀里的黄金掏出来,丢到地边去,仍然跟着管宁一起锄地。

　　还有一次,管宁和华歆正并排坐在一张席子上读书。忽然,门外响起了一阵锣声,原来是一个大官从此经过。华歆一听见锣声,就东张西望,心神不定了。又过了一会儿,他终于经不起诱惑,丢下书,跑出去看热闹了。

　　那个大官坐着八抬大轿,带着一队威风凛凛的仪

仗队。华歆看得眼都红了，直到轿子走远了，他才回来。他看看管宁，依然在席子上用功读书，他觉得不可理解，于是大声说道："刚才那位大官乘坐八抬大轿，前呼后拥，威风凛凛，真有气派……"

他见同学们只顾读书，对他的话没有兴趣，于是提高嗓门，重讲一遍那个大官的排场，然后无限羡慕地说："将来我要是做了官，也一定要坐这样的八抬大轿，仪仗队的人数还要多一些，比他更威风！"

管宁听了华歆的话，望着他洋洋得意的样子，立刻拿起一把小刀，把他们坐的席子割成两半，然后对华歆说："看来，你是为做官发财而读书，没有一点为国为民的思想。现在我才知道，你我志向不同，成不了好朋友。以后咱们不必坐在一张席子上了，各人读各人的书吧！"

良相典范房玄龄

房玄龄12岁时，在随父亲去京师一行之后，他综合听到、看到的情况，经过多日的思考、分析，认

为大隋帝国一定会很快灭亡。

房玄龄 12 岁时所分析的隋朝大势，10 年后得到了证实：农民起义的熊熊烈火，埋葬了隋王朝，暴君隋炀帝死在了扬州。

隋炀帝继位后，滥用民力，挥霍无度，短短几年，隋朝经济凋敝，民不聊生，各种矛盾激化。一些隋朝官吏也拥兵自重，伺机取隋而代之。

617 年 5 月，太原留守李渊在长子李建成、次子李世民等辅佐下起兵反隋，挥师南下，沿汾水进军关中。在李世民所部进抵渭水以北时，房玄龄从隰城赶来投靠李世民。两人一见，便如平生旧识，马上任其为记室参军。

随后，房玄龄在唐军入据关中、建立唐朝及李世民挥军取河陇、北救晋阳、东定中原、攻取河北等统一战争中,均尽其所能,给秦王李世民出谋划策。

在作战中,唐军每歼灭一部敌军,别人争着寻求珍宝之物,房玄龄则总是先收揽各种人才,安置在幕府之中。发现有谋臣猛将,他便想方设法与之结交。因此,那些谋臣猛将愿为李世民尽其死力。

在用人问题上,房玄龄还常给李世民出主意。

例如,杜如晦原是秦王政府兵曹参军,不久迁陕州长史。房玄龄认为杜如晦人才当用,便向李世民建议说:"杜如晦,王佐人才。大王欲经营四方,非如晦不可。"

李世民接受了这一建议,将杜如晦又调回秦王政府。后来,杜如晦与房玄龄一起,跟从李世民东征西讨,参谋帷幄。"玄龄善谋,如晦能断",二人配合默契,同心辅佐李世民,为唐朝统一天下立下巨大功勋。

李渊称帝后,分封自己的4个儿子。长子李建成忌妒次子李世民的才华和功绩,欲谋害李世民。

对李世民兄弟之间的尖锐矛盾情况,房玄龄与长孙无忌、杜如晦等一起多次劝李世民杀李建成和李元吉。李世民又征询了其他僚属的意见,终于下定决心于626年7月2日发动了"玄武门之变",射杀李建成、李元吉等。

当年8月9日,李世民接替李渊当上了皇帝,论功行赏,以房玄龄、长孙无忌、杜如晦、尉迟恭、侯君集五人为第一,封房玄龄为邢国公。

房玄龄于628年当上了宰相。

他处理政事尽心竭力,用法宽平,深受李世民信任。因此,李世民诏令他主持制定唐朝律令。

房玄龄研究前朝的律令后认为,旧法中的很多规定不符合情理。因此,他在制定唐朝律令时,努力做到有理有据。

他主持制定的唐律共500条,立刑名20个,其中削烦去害、变重为轻的条目多不胜记。他还主持制定唐令1590条,统一规定了枷、杻、钳、镣、杖、笞等刑具的长短宽窄。他还删节唐朝建立以来的皇帝诏令,定留700条,颁布执行。

房玄龄崇尚儒学,所以极力推崇孔子。李渊当皇帝时,国学之中的庙堂以周公为先圣,孔子配飨。房玄龄等建议以孔子为先圣,颜回配飨。李世民诏令执行。在房玄龄等倡导下,唐朝大收天下儒士,根据他们的学识，分别予以录用；还扩大各类学校招生。

李世民多次亲自到国学听博士讲授儒学。四方儒士也纷纷负书而至长安。吐蕃、高昌、高丽、新罗等少数民族的酋长也派子弟进长安入学。国学之内学生接近万人，前所未有。唐初形成的这种教育兴旺的局面，与房玄龄的积极倡导是分不开的。

唐太宗李世民晚年好大喜功，滥用民力。

643年，朝鲜半岛上的高句丽和百济联兵进攻亲近唐朝的新罗。645年，李世民不听房玄龄劝谏，下诏进攻高句丽，结果损兵折将。

后来，李世民又改用轮番攻扰的办法，试图先疲惫高句丽后大举进攻，结果也没有得到多少好处，反而激起邻国的不满，国内人民怨声载道。

649年，房玄龄在病榻之中上表，请求太宗以天下苍生为重，罢军止伐高句丽。太宗见表，甚为感动。

临终之际，李世民亲至其病床前握手诀别，当场授予其子房遗爱为右卫中郎将，房遗则为中散大夫，使其在生时能看见二子显贵。

房玄龄去世以后，太宗为之废朝3日，赠太尉，谥曰"文昭",陪葬昭陵。后来,他又把房玄龄列入"凌烟阁二十四功臣",并时常前往怀念。

天下第一谏臣魏徵

魏徵的父亲魏长贤精通文史,博学多才,曾做过北齐著作郎,后因直谏朝政,贬为上党屯县令。父亲正直倔强的品质,对青少年时代的魏徵产生了很好的影响。

然而由于父亲去世较早,家业也因此衰落。穷困的生活,并没有磨灭魏徵的意志,他性格坚强,胸怀大志,喜好读书,多所涉览,尤注意于历代兴衰得失之道,这为以后他的从

政、治史打下了厚实的基础。

魏徵备经丧乱，仕途坎坷，阅历丰富，他对社会问题有着敏锐的洞察力，而且为人耿直不阿，遇事无所屈挠，深为精勤于治的唐太宗所器重。

唐太宗屡次引魏徵进入卧室，请教执政得失，魏徵也喜逢知己之主，知无不言，言无不尽，对于朝政得失，频频上谏。

魏徵的谏诤涉及面很广，除了军国大事外，还对唐太宗其他一些不合义理的做法提出善意的批评。很多时候，尽管唐太宗对魏徵的尖锐批评一时难以接受，但他毕竟认识到魏徵是忠心奉国，有利于国家长治久安。

魏徵鉴于隋末人口流亡、经济凋敝、百废待兴的事实，力劝唐太宗偃戈兴文，实行有利于国计民生的休养生息政策。

唐太宗即位之初，曾与群臣谈及教化百姓之事。唐太宗认为，大乱之后，恐怕难以教化。魏徵则认为，长久安定的人民容易自满，自满就难以教化；经历乱世的人民容易愁苦，而愁苦就有利于教化。这就像饥饿的人渴望食物，焦渴的人渴望饮水一样。

唐太宗采纳了魏徵的建议，制定了经国治世的基本国策，对于"贞观之治"有着深远的影响。

魏徵还提出了以静为本的施政方针。

他认为，隋朝虽然府库充实，兵戈强盛，但由于屡动甲兵，徭役繁重，虽然富强，最后失败，其原因就是因为"动"。现在唐朝初定，在大乱之后，人心思治，所以当以安静为本。他以静为本的思想，主张社会有个安定的环境，与民休养生息，以恢复和发展社会经济。

为了防止劳役百姓，魏徵还劝谏唐太宗停止周边诸国的入朝贡献，并停止一些规模较大的活动，以减少国库的开支。

在当时，文武百官都以为封禅为帝王盛事，又天下乂安，屡次请求东封泰山，唯独魏徵不同意。

他认为，尽管唐太宗功高德厚，国泰民安，四夷宾服，但皇上大规模车驾东巡，千乘万骑，其费用实属不该。唐太宗在魏徵的规谏下，又恰遇河南、河北数州闹水灾，就停止了东封活动。

魏徵认识到，帝王修饰宫宇，奢侈无度的结果，必然会疲劳百姓。在与唐太宗谈及此事时，魏徵曾以隋亡为鉴，说隋炀帝大兴土木，劳民伤财，提醒唐太宗切忌奢侈，以防重蹈覆辙。

唐太宗曾让人在益州及北门制造绫锦、金银器，魏徵就上言，劝阻此事。唐太宗东巡洛阳，住在显仁宫，因州县官吏供奉不好，大都受到了谴责。魏徵认为这是渐生奢侈之风的危险信号，于是马上给他敲一下警钟。

有一次，唐太宗问魏徵何谓明君暗君？

魏徵率直地回答说："君之所以明，是因为他兼听；君之所以暗，是因为他偏信。"

他主张君主兼听纳下，听取臣下的正确意见，以克服君主的主观片面性。帝王久居深宫，视听不能及远，再加上自己的特殊身份，很难了解社会实际。可见，兼听纳下，也是魏徵的政治思想之一。

唐太宗在实践中推行了兼听纳下的思想，调整了君臣关系，改变了帝王传统的孤家寡人做法。而臣下也对朝廷施政中的失误之处，积极上书规谏，匡弼时政。如此一来，君臣同舟共济，集思广益，上下同心，从而开创了贞观年间的谏诤成风的开明政治。

在一次奏疏中，魏徵援引了管仲回答齐桓公在用

人问题上妨害霸业的5条：一是不能知人；二是知而不能用；三是用而不能任；四是任而不能信；五是既信而又使小人参之。可以说，知、用、任、信、不使小人参之，基本上概括了魏徵的吏治思想。

知人是用人的首要问题。在用人问题上，魏徵特别强调君主的知人。魏徵指出君主知人，才能任用忠良之士，这是天下致治的先决条件。

魏徵认为识别人臣的善恶是知人的一个重要内容。魏徵认为，在不同的时期，在用人标准上并不是一成不变的。在天下未定时，一般是专取其才，天下太平之时，则非才德兼备者不可任。

他的这一用人思想，是和变化的客观形势相适应的，也是可取的。赏罚分明，不徇私情，也是魏徵的用人思想中的一个内容。此外，他也反对重用宦官。

在这方面，唐太宗很多时候都采纳了魏徵的意见。

魏徵在与唐太宗等人讨论创业与守业之难时认为，要守成帝业，使国家长治久安，最重要的就是居安思危。他认为居安忘危，处治忘乱是由于帝王忘乎所以，无心政治，因而导致了国家的危亡与覆灭。

他以此提醒唐太宗，要小心在意，时刻保持着高度的警觉。魏徵常以亡隋为借鉴，以说明居安思危的迫切性。他总结隋亡的教训，作为唐太宗治理国家的一面镜子，以做到居安思危，警钟长鸣。

639年5月，魏徵趁唐太宗诏五品以上官员议事之机，全面地、系统地总结了政事不如贞观之初的事实，上奏唐太宗，这就是著名的《十渐不克终疏》。疏中列举了唐太宗搜求珍玩，劳役百姓，昵小人、疏君子，频事游猎，无事兴兵等10条弊端，言辞直白，鞭辟入里，再次提醒唐太宗慎终如始。

唐太宗看完奏疏后，欣然采纳，并对他说："朕今天知道自己的过错了，也愿意改正。如若违背此言，再无面目见到诸位爱卿！"

说完亲手解下佩刀，赐予魏徵，还赐予魏徵黄金10斤、马两匹。魏徵喜逢知己之主，竭尽股肱之力，辅助唐太宗理政，已成为唐太宗的左手右臂，以至于助成"贞观之治"。

魏徵不但是一位杰出的政治家，也是一位著名的史学家。他对历史有深刻的了解，善于将历史经验和

现实问题结合起来,以史为鉴,以此论治道,劝唐太宗。

他根据唐太宗的诏令,修撰了《周史》、《齐史》、《梁史》、《陈史》、《隋史》五朝历史。五部史书总监虽是房玄龄,但房玄龄政务繁忙,魏徵是实际的总监。

他还亲自动手,撰写了《隋史》的序和论,还为《梁书》、《陈书》、《齐史》写了总论。他治史谨严,有"良史"之称。

636年,五朝史书修撰完毕,唐太宗为嘉奖魏徵,加封魏徵为光禄大夫,进封郑国公。

642年7月,魏徵病重,唐太宗下手诏慰问。

魏徵居室简陋,生活俭朴。唐太宗还特别下令为他建了一个正厅,还赐给屏风等物。

同年9月,唐太宗说:"方今群臣,忠直没有超过魏徵的。"于是,罢去魏徵的宰相职务,拜为太子太师。魏徵去世时,唐太宗亲临魏家哀悼,悲痛异常。他停朝5天,令百官参加葬礼。送葬时还登楼遥望魏徵灵柩,还亲自为魏徵写了碑文。

唐太宗对魏徵的去世,十分悲痛。曾感叹地说:

论语

人以铜为镜,可以正衣冠;以古为镜,可以见兴替;以人为镜,可以知得失。魏徵没,朕亡一镜矣!

他的这段话,可以说是对魏徵的历史性评价。

范仲淹大义创义庄

宋代程朱理学的发展,进一步强化、发展了儒家思想;同时,科举制度的完善,从政治制度上保证了士大夫群体必然是一个精英知识分子阶层。应该说,"士大夫"这一阶层在宋代正式形成了。

宋代绝大多数士大夫都怀有"先天下之忧而忧,后天下之乐而乐"的崇高道德使命感,这是范仲淹流芳千古的名言。这句话不仅概述了宋代士大夫的义利价值取向,也是他自己一生的真实写照。

范仲淹,生于河北真定府,即现在的河北省石家庄正定县。北宋时期著名的政治家、思想家、军事家、文学家和教育家。他"先天下之忧而忧,后天下之乐而乐"的情怀,与儒家"先义而后利者荣,先利而后义者辱"的思想如出一辙。

范仲淹的"忧乐"也就是儒家的"义利",忧乐的先与后,境界不一样。先忧后乐,即儒家的先义后利,就是光荣的,而颠倒了位置,就是一种耻辱。范仲淹以儒家经义而致时用,在创立义庄一事中得到了充分体现。

范仲淹对设立义庄、资助族人一事已经深思熟虑。1049年,范仲淹调往杭州做知州。他拿出毕生大部分的积蓄,在苏州吴县捐置良田千亩,让其弟找贤人经营,收入分文不取,成立公积金,目的是对范氏远祖的后代子孙义赠口粮,对婚丧嫁娶也均有资助。第二年设立义庄,开始以田租为资金来源,救济族众。这种善举感动天下,全国范姓族人视范

仲淹为圣贤而敬之。

范仲淹为义庄制订管理章程，作为义庄运转依据。建立的米、绢、钱发放的对象、数量、方式、管理、监督等事项，都有具体可操作的规定。

义庄主要是周济宗族的，顾及乡亲和姻亲。宗族发放对象不论贫富，粮食、布匹、奴婢口粮、红白喜事及其他急难事宜，周济范围非常宽泛。周济对象特别照顾无经济收入的妇女，对再婚妇女并无歧视，义庄制订了相关的管理、监督规矩。

义庄的设立使范氏族人受惠颇多，他们每天可领米1升，每月可以领粮3斗作为果腹之资。每逢数九寒冬，他们可领取棉布一匹，以抵御寒潮侵袭。

若逢红白喜事，他们也可从义庄得到相应资助，使人生大事得以圆满。义庄还修建许多新房屋，供给族人免费居住。

义庄除注重保障族人的基本生活外，更注重族人文化素质的提高，希望族人们都能饱读诗书，终有一日，金榜题名，光宗耀祖。因此庄内设有义塾，为族人提供免费教育，族人若进城赴考，义庄也将为他们提供盘缠，解除了他们的后顾之忧。

为避免因田租发生争执，有伤族内和气，义庄通常雇佣佃户耕种田地，而族人不得耕种。义田属于宗族的共同财产，若有不法之徒胆敢侵吞，整房亲友都将受到株连，而他本人非但救济资格要被取消，甚至要被拖到官府问罪，许多贪徒因此生畏止步。

义庄管理者通常由德高望重的长者担任，接受族人的监督，报酬与管理绩效挂钩。若是管理得当，族人能按时领取钱米，大家都满意叫好，则报酬优厚；若是管理不当，亏损严重，拖欠族人钱米，引得怨声一片，则报酬较低。因此，管理人在亲情、财富、声望等诸多因素的驱动下，恪职尽守，努力将义庄经营得更好。

义庄鼓励族人捐赠田地，不仅可以使其他族人得到更多帮助，更可以使本人流芳百世，为族子族孙所铭记。因此，但凡族人经商成功、官场得意，为了避免锦衣夜行的尴尬，他们常会大量购买土地捐给义庄，使范氏义庄的规模越来越大，不为时代所淘汰。

义庄的设立使范氏族人生活得到保障，即使在天灾人祸面前也能安居乐业。因此，当地官府对其青睐有加，极力支持，而范仲淹父子本身就是朝廷要员，注重义庄与官府沟通，以求获取更多的庇护。

范仲淹为官清廉，生活极度节俭。据说，范仲淹晚年有一习惯：入睡前在心里合计家中一日的饮食等费用，家庭费用与所做的事情相称才能安心入眠。如此奉己甚严，可以理解范仲淹大量购置义庄的钱财从何而来。

范仲淹逝世后，他的儿子范纯仁、范纯礼又将义田扩充，并根据实际情况，"随事立规"，先后8次续订规矩，使义庄管理更趋严密。

范氏后裔多有热心义庄事务、事业者。南宋宁宗庆元、嘉定年间，范仲淹第五世后裔范之柔与兄弟范良器等重新整顿义庄，极力经营，恢复了义庄原来的规模。范之柔将过程与规矩禀明朝廷，皇帝为此下旨颁布施行。

义庄的建立，也使范氏家族极其兴旺，子孙众多，繁衍昌盛，人才辈出。而同时代的许多达官巨宦却常如昙花一现，仅历经数代就陷入凋敝，令人感叹。

范仲淹开启了宋代慈善事业的一个新时代。宋代受范仲淹启发、感召，朝廷的许多高宫达贵效仿学习，在家乡设立义庄。如范仲淹以后的宋神宗时副宰相吴奎、宋徽宗时宰相何执中等，都曾经从事各种慈善事业。

范仲淹的义庄也对后人从事慈善事业有深远影响。历代当地官府也多有积极参与义庄之重整者，监督义庄规矩的贯彻实施。历代朝廷也都特别下诏，免除范氏义庄所应承担的差役和部分赋税。直至清代末期宣统年间，义庄仍然有田产5300亩，运作良好。这一切都是范仲淹巨大的人格、道德魅力感染所致。

范仲淹开创的义庄慈善事业，充分显示了他的"先天下之忧而忧，后天下之乐而乐"的儒家情怀。大义之举，必得延续，义庄的生命力之强，前后运作800多年，前无古人，后无来者，成为了中华民族慈善事业的一大奇观。

苏轼的慈善仁义之举

宋代士大夫普遍以天下大义为重，而在这些人当中，苏轼对于义利有特殊的认识。他提倡义利互为共用，更认为义是人生追求的境界。他的这种认识，是他个人修养的结果。

苏轼，号称"东坡居士"，四川眉山人。北宋时期文学家，豪放派词人的主要代表之一，"唐宋八大家"之一。

苏轼出生在一个富有文学修养的家庭，父苏洵列"唐宋八大家"之一，母亲出身书香门第，知书达理，仁惠贤淑。苏轼幼年时，母亲教导他读的《后汉书·范滂传》中记载，后汉时期，范滂上书弹劾奸党，不幸失败被捕，范滂的母亲深明大义，支持儿子的义举，范滂英勇就义。

年幼的苏轼仔细阅读了范滂的故事，对母亲说："母亲，我长大之后若做范滂这样的人，您愿不愿意？"

苏母抚摸着苏轼的肩膀，笑着回答说："你若能

做范滂,难道我就不能做范滂的母亲吗?"

苏母的教导,加之父亲的熏陶,已经在苏轼幼小的心灵撒下了道义的种子,日后必将开花结果。苏轼后来进士及第,步入仕途。身居宦海,他因政见不同而一贬再贬,但范滂那样的大义之人已然根植心中,因此即使身在朝堂之外,也不忘"义"字,多有义举,将义作为自己人生追求的最高境界。

1089年,杭州瘟疫流行,时任杭州知州的苏轼,情急之中带头捐献私帑,引发众商人、乡绅赞助,与官家合办"安乐坊",是我国最早的民间救济医院。

苏轼在杭州创办"安乐坊"是有因有果的。他身为知州,自知理应关心民瘼,造福一方。当时杭州瘟疫流行,必须安抚病民,及时解决医疗,这是为官之本。再说他自任黄州团练副使时,就寻师访友钻研医道、讲究药理,据传"安乐坊"有一种治瘟疫的特效常用药"圣散子",就是他和僧医共同研制而临床使用的。

"安乐坊"聘僧医主之,医愈千人,功绩明显,百姓赞扬,社会影响很大。后来由两浙漕臣上报朝廷并得到批准,于是民间救济医院"安乐坊"改名为官办的慈善医院"安济坊"。而且还下有医愈病人的考核指标，凡完成者，赐紫衣外，还奖祠部牒一道。

祠部牒在当时可以卖，每牒价值170贯钱。苏轼为救杭州灾民，就将皇上特赐的100道度牒卖得17000贯钱，换米赈济灾民。

苏轼为杭州百姓做过的好事是有口皆碑的，除了办"安乐坊"外，他关心民瘼，为民做主，疏湖筑堤，浚六井，以至于他离开杭州，杭州城百姓"家有画像，饮食必祝，又作生祠以报。"

苏轼贬谪惠州时，有职无权，在不得签署公事的情况下，苏轼仍不忘"兼济天下"，处处关怀老百姓。在力所能及的范围内，为惠州人民做了大量的义举善事。

一次，苏轼在陪广南东路提刑程正辅游博罗香积寺的时候，看到寺后的溪流，想到惠州人民生产工具极其落后，便向程正辅提出建造水碓水磨的建议，并嘱县令林圩大力推广。这样一来，惠州老百姓不仅可以用来舂米磨面，还能把檀香木等舂成香屑，远销广州等地。

他还通过博罗等县令，推广新式农具秧马，让农

民坐着插秧,省时省力,效果很好。

1095年正月初一,博罗城发生大火,全城付之一炬。苏轼便去信请求程正辅通令地方衙门,发放粮食救济灾民,并且禁止向灾民摊派,否则"害民又甚于火矣。"

惠州驻军缺少营房,大多散居市井,苏轼又致书程正辅,建议修建营房,解决了军民纠纷的难题。苏轼还为惠州无主的枯葬营葬,以安息亡灵;还建议广州官吏引蒲涧山滴水岩的水入城,解决居民饮水问题。

苏轼目睹岭南缺医少药,百姓又无钱治病,很多人因而病死,便积极施医散药,救死扶伤。如用姜、葱、豉制成汤,浓煮热呷,防治流行疾病,效果果然很好。后人将苏轼和宋代科学家沈括两人历年收集的药方,合编为《苏沈良方》,成为古代重要的医书。

另外,苏轼还常常运用他的影响来为百姓办事。例如,苏轼助施自己腰间的犀带,还带动弟媳捐出皇帝赏赐的数千黄金,在西枝江上,用40艘船做成浮桥,起名为"东新桥"。又在丰湖上,先筑进两岸为堤,然后建桥一座,取名"西新桥"。

1100年，苏轼在最后贬至海南琼州后获赦还北，北返后卜居于常州阳羡。因无居所，拜托友人邵民瞻为他买了一处宅院，以了却其多年租田借屋之苦，也免除了家人流离失所之困境。新屋共需500贯钱，苏轼拿出了所有家当，才偿付了屋款。

新居没住几天，一天夜里，苏轼和邵民瞻月下散步，偶然来到一村落，忽然听到一个妇人悲切的哭声。苏轼的心一紧，心想妇人为何哭得如此伤心，难道是有什么心爱之物难以割舍吗？于是和邵民瞻进屋询问。

原来，老妇人的祖屋被不孝的儿子擅自卖掉，那可是祖上留下的百年家业，一旦卖掉，如何对得起祖宗？苏轼听了也为老妇人难过，问老妇人故居在哪里？才知道竟是他自己刚刚用500贯所买下的房子。

苏轼再三抚慰老妇人，对她说："您不要难过，你的旧居是我买了，我这就把房子还给你。"于是，立即让人把房契取来，当着老妇人的面把它烧了，叫她母子明天就搬回老屋，却没有让他们返还买房子的钱。

没了房子住的苏轼想再买房已经是不可能了，他回到常州，不再购置宅院，而是借塘桥孙家的居所暂时做休憩之用。没想到，一个月之后，一代文豪苏轼竟病殁于借住之所。

谁都知道，那栋倾囊买下的老屋对苏轼有多么重要。苏轼从海南回到阳羡，他多想就此安居下来，不再漂漂荡荡，不再长途奔走，他要和那些逆旅中的辛酸做个告别，在避风的港湾咀嚼一路走来的悲欢。然而，他还是舍弃了最后安歇的机会。他的心是那般善良，老妇的哭泣，足以让他这位大文豪俯身追问。

这种义薄云天的伟大胸襟，他在自己最后岁月，用行动再次证实给世人。

苏轼无论做官还是做文，首先想到的是做人。人立正了，在这个世界就有了底气。哪怕受到攻击，他始终是恪守做人的道德良心，真诚地表达着他的仁义之心。他以义无反顾的大义之举，诠释了儒家的义德义理，立于天地，光照华夏。

用之则行,舍之则藏

子曰:"不愤①不启,不悱②不发。举一隅③不以三隅反,则不复也。"

子谓颜渊曰:"用之则行,舍之则藏④,惟我与尔有是夫!"子路曰:"子行三军⑤,则谁与?"子曰:"暴虎⑥冯河⑦,死而无悔者,吾不与也。必也临事而惧⑧,好谋而成者也。"

【注释】

①愤:苦思冥想而仍然领会不了的样子。

②悱:想说又不能明确说出来的样子。

③隅:角落。

④舍之则藏：舍，舍弃，不用。藏，隐藏。

⑤三军：古代大国有左、中、右三军，这里泛指军队。

⑥暴虎：空拳赤手与老虎进行搏斗。

⑦冯河：无船而徒步过河。

⑧临事而惧：遇到事情便格外小心谨慎。

【解释】

孔子说："教导学生，不到他想弄明白而不得的时候，不去开导他；不到他想出来却说不出来的时候，不去启发他。教给他的东西，他不能举一反三，那就不用再教他了。"

孔子对颜渊说："用我呢，我就去干；不用我，我就归隐，只有我和你才能做到这样吧！"子路问孔子说："老师您如果统帅三军，那么您和谁在一起共事呢？"孔子说："赤手空拳和老虎搏斗，徒步涉水过河，死了都不会后悔的人，我是不会和他在一起共事的。我要找的，一定要是遇事小心谨慎，善于谋划而能完成任务的人。"

【故事】

燕昭王谦虚招贤纳士

战国时，燕国是中原诸侯国中最北边的国家，燕昭王继任后，决心使燕国强盛起来。有一位名叫郭隗的人，很有见识，隐居深山。燕昭王听说，亲自到深山里去登门求教。

郭隗见燕王有复兴燕国之志，为人又谦虚宽和，礼贤下士，言辞又诚挚恳切，就说："大王要使国家强盛起来，就要广招人才。要广招人才，就必须让人都知道大王爱惜人才。这样，天下的贤才就会争着来为大王效力了。"

燕昭王说："怎样才能使人们相信呢？"

郭隗说："大王不妨从我开始，天下人知道像我这样的人都受到大王的器重，那些比我才高的人定会来。"

燕昭王为了表示对郭隗的尊敬，单独给郭隗筑起

一座高台，在台上建筑了华丽的馆舍，还在这高台上放置许多黄金任郭隗花用。这件事很快传遍四方，人们都知道燕昭王是真心实意地敬重人才，礼贤下士。一些有真才实学的人，都聚集到燕国来。经过几十年的共同努力，燕国果然强盛起来。

执法如山的包拯

包拯在28岁时考中了进士，从此踏上仕途。当初考取进士后，担任大理评事，实职为建昌知县。

但包拯考虑到父母年纪大了，不忍心离开，就推辞没有去就职，后来调任和州管收税的官。父母不愿离开家乡，包拯就辞掉官职，日夜侍奉双亲，这样过了10年。

父母相继去世后，包拯还在父母的坟旁建造了一个茅屋守孝。守孝期满后，还在父母坟前徘徊，久久不愿离去，最后经别人劝说，才到吏部报到。

包拯做官期间，每到一个地方都为当地人民做了不少好事。由于他认真处理政事,执法如山,铁面无私,所以很受人民爱戴。

包拯在出任扬州天长知县时,一天,有个农民来告状,说他家的牛昨晚被人割了舌头,请求查清此案为民伸张正义。

包拯询问了一些问题,估计是冤案,

但没有证据,就对农民说:"你先回去吧!"

那农民不走,说:"我的牛流血不止,不能吃东西,怕是活不长了,那该怎么办?"

包拯说:"你回家把牛宰了,但不要声张。"

按照当时的法律是不能私自宰杀耕牛的。农民回家后,真的把牛给杀了。

几天后,有人举报说:"有人违反官府命令私自宰耕牛。"

包拯盘问："你知道他为什么宰杀耕牛吗？"

那人回答："不清楚，听人说好像是舌头割掉了。"

包拯脸一沉，说："给我拿下！"

那人大吃一惊，"扑通"一声跪倒在地，连忙认罪求饶，一桩奇案立刻真相大白。从此民间流传有个审判牛舌案的包公。

包拯刚到庐州时，县衙门口告状的人忽然多了起来。包拯感到奇怪，于是亲自到县衙了解实情。原来好多人是告包拯的舅舅抢占民田，欺压百姓。

包拯很生气责问县令："这些案件为何不审理？"

县令说："那些人是诬告，我已命令派人把他们赶跑了。"

包拯听了更生气，厉声问道："你怎知是诬告？身为县令，你本应为民做主，却不体恤民情，反把告状的人赶跑，理应将你查办。姑念你是初犯，暂且放过。你现在要加紧审理！"

县令并不知道包公是什么意思，还以为他与其他的上司一样要贪污包庇，所以不知如何是好。按法律应该逮捕包拯的舅舅，但是他不敢这样做。

因此,他吞吞吐吐地说:"包大人,现在公务繁忙,这个案子就先压一下。"

包拯坚决不同意,他亲自派人将舅舅缉拿归案。

包拯夫人董氏劝他手下留情,包拯说:"不是我包拯无情无义,是舅舅胡作非为,天怒人怨,我是这里的父母官,理应执法严明,不徇私情,大公无私。舅舅横行乡里,鱼肉百姓,我如果宽恕了他,不依法惩治,我就无法再管理这庐州了。"

包拯的儿媳崔氏也来求情。包拯对儿媳说:"舅爷照顾你,我很感激,可这和案子是两回事,他犯了法,我如不执法,告状的百姓会怎么看我,他们还会相信官府吗?"

包拯把平民百姓送来的一份份状子摆在面前,又令衙役找来原告,然后让衙役将舅舅带上大堂。

包拯舅舅发现坐在堂上审他的是自己的外甥,气得浑身发抖。

包拯怒喝道:"大胆罪犯,你扰乱乡里,不但不老实认罪,反辱骂本官,有失体统!拉下去,打!"

衙役立刻将舅舅拉下,重打40大板。那些同包

拯舅舅一样横行霸道的乡绅都在府衙门外等候，当他们听到"啪啪"的板子声，都大惊失色，吓得屁滚尿流。从此，这些人再也不敢肆意妄为了。

人们都赞扬包拯为民除害。包拯执法严明，不徇私情，得到了民众的爱戴，同时也震慑住了一批横行不法的乡绅。

有一年发大水，河道阻滞，积水不通，经过调查，是一些地主侵占河道用来修筑花园。包拯下令，清除全部河道上的建筑。地主们不肯拆除，拿出一张地契狡辩说那是他家的产业。包拯经过仔细调查，发现地契是地主自己伪造的，他十分恼火，立即下令地主拆掉花园，并向宋仁宗揭发那些地主的恶行。地主见包拯执法如山，公正廉明，怕事情闹大了对自己不利，便乖乖地拆了花园。

包拯在开封府当府尹时，改变陈规，采取有利于百姓申冤的措施。开封府原来规定百姓到府衙告状，不能直接到公堂向知府递交诉状。

诉状由"牌司"传递，老百姓为了自己的诉状能够递上去，只有花钱贿赂他们，否则诉状就递不上去。包拯于是让老百姓直接到大堂陈述案情，为了方

便,甚至连通往大堂的小门都拆了。

包拯在任天章阁待制、知谏院事期间,以唐代的魏徵为榜样,敢于直谏。他多次当面批评皇上朝令夕改,失信于民的行为,并积极向皇上进言要听取和接受合理的意见,明辨是非,爱惜人才,端正刑法。

包拯当监察御史时,有一个叫张尧佐的人,因为他的侄女得到宋仁宗的宠爱而得到三司使的高位,包揽了全国的贡赋和财政事务。他贪婪成性,对老百姓大加搜刮,引起人们的强烈不满。有许多官员向宋仁宗告张尧佐的状都被扣住了。

包拯知道后,亲自去拜见宋仁宗,劝说仁宗"不要爱屋及乌,使没有才德的人身居高位,使天下人失望"。宋仁宗虽不愿意撤张尧佐的官,但还是照办了。改任为地方节度使,包拯认为不妥,又上书苦谏。宋仁宗因怕宠妃生气,不忍革去张尧佐之职,包拯以辞官归隐威胁宋仁宗,宋仁宗只好相让,永远不提升张尧佐的职。

当时有个叫王逵的人,曾任湖南、江西、湖北等地的路转运使,每到一地他都要随意加派苛捐杂税,

侵吞公款。包拯屡次上书弹劾。宋仁宗才把王逵贬为徐州知州。

由于王逵关系网十分严密,不久又恢复原职。包拯得知后,第七次上书,直言王逵之恶,指责其"不管到哪里任职,都不讲法理。残酷地对待百姓,民怨极大,恳请罢免其职务,以免天下百姓受累"。

由于包拯据理抗争,宋仁宗罢免了王逵,为民除了一大害。此事在民间广为流传。包拯弹劾官吏不避权贵。郭承佑是宋太宗的孙女婿,并且是宋仁宗皇后郭氏的族人,所以职务升迁很快。包拯在应天府时,因弹劾郭承佑贪污受贿、结党营私而遭到贬黜。

过了不久,宋仁宗又派郭承佑负责代州的边防。代州是防御辽朝的最前线,战略地位极为重要,而郭承佑却不懂军事。包拯从国家利益出发,上书请求罢免郭承佑,另选军事能人。这次,宋仁宗听取了包拯的意见。包拯弹劾官吏完全是根据他本人的实际情况执公进言,绝无个人恩怨,因此,连被弹劾的官员也无话可说。

1041年,包拯调到端州,即今广东省高要县做知

州。端州是当时每年进献给皇帝的贡品端砚的产地。

因为有利可图,在包拯来之前的知州,都趁机向老百姓征收大量的端砚,送给朝里的大官们,换取升官发财的机会。

包拯到端州以后,不但没有贪污一块端砚,而且派人查清以前官吏贪污端砚的情况,然后严格规定按每年20块的数量制造端砚,官员贪污的端砚一律交公,百姓制砚的工钱由官府付给,给当地百姓减轻了负担。同时也得罪了其他的有权有势的贪官污吏。但是,包拯一点儿也不害怕。

包拯主持三司期间改变了过去的一些做法。以前,凡是各种封藏于仓库供皇帝用的物品,都从各地摊派,造成百姓困难。包拯特此设立市场,实行公平买卖,此后百姓不再受到侵扰。

泰州、陕州、斜谷一带官府衙门的造船木材,大都是向百姓征来。契丹在关塞附近聚集军队,边境的州郡经常发来警报,朝廷命令包拯到河北征调军用粮草。

包拯上书说:"漳河一带是一片肥沃的土地,然而大多被用来牧马,请把这些土地全部交还百姓,让

他们耕作种植。"

　　解州池盐的专卖法令，加重了百姓负担，包拯到那里筹划，请准一律听凭自由买卖。这些建议都被朝廷采纳。

　　包拯性格严峻正直，他厌恶官吏盘剥百姓，他不轻易与人相交，不会用伪装的笑脸来讨别人喜欢，当时曾流传着包拯的笑脸和黄河的水变清一样难以看到。平时没有私人请托的书信，旧友、亲戚同乡都断绝往来。

　　包拯虽然当官了，可是衣服、饮食同当平民时一样，这在宋代官场上是绝无仅有的。

　　他还经常嘱咐孩子们说："我的后代子孙做了官，若有犯贪污罪的，就不得回老家，死了不许葬在祖坟中。不顺从我的心意，就不是我的子孙。"

　　包拯在一次处理政务时，突然感到身体不舒服，旋即病逝，终年66岁。由于包拯正直无私，赢得了历代人民的衷心敬仰，他的事迹妇孺皆知，形象被神化，他的英名千古流传。

满腹经纶的耶律楚材

耶律楚材天资聪敏，自幼勤学苦读，博览群书，到青年时期，不仅在天文、地理、律历、术数等方面颇有造诣，并且深谙儒学，精于佛道、医卜之说。17岁时，被征召到尚书省做个副官。

1215年，耶律楚材在成吉思汗平定金国之后绝迹于世，弃俗投佛。而此时的成吉思汗逐渐感到人才的重要，他听说耶律楚材是位难得的人才，便遣人求之，询问治国大计。楚材即应召前往。

耶律楚材学识渊博，很快受到成

吉思汗的宠信,成吉思汗亲切地称他"吾图撒合里",而不叫他的名字。"吾图撒合里",在蒙古语中的意思是胡子很长的人,表示很有学问。

蒙古军队在对自己的宗主国金国实施了一连串痛击之后,又集中精锐之师攻打西夏。在攻打灵州这个西夏的军事重镇时,破城之后,蒙军众将士,无不争掠妇女、财物,独有耶律楚材在收集散佚的书籍和大黄等药材。

同僚们对他的行为感到疑惑。不久,兵士们因为长期风餐露宿,疫病大作,幸得耶律楚材用大黄配制的药材救命,所活至万人。

1227年,成吉思汗病逝。依照蒙古国的惯例,成吉思汗的四子拖雷获得其父的直接领地,即斡难河及客鲁连河流域一带蒙古本部地方,并且代理国政。

在此期间,燕京城中社会秩序颇为动荡,有许多凶恶的盗贼天还没黑,他们动不动就拉着牛车闯入富家,拿走财物,不给就杀人。拖雷认为只有耶律楚材可以处理好这件事,于是特遣耶律楚材和中使塔察儿前往整治。

耶律楚材在掌握大量的证据基础上,毫不手软地将触禁者一一缉拿归案，将其中16个罪大恶极、民愤最大的首犯，绑赴刑场处极刑。从此，燕京的巨盗绝迹，百姓们得以安宁。

1229年，拖雷已监国两年，按照成吉思汗的遗命，帝位应传给太祖三子窝阔台。

成吉思汗还有一条特立的法制：凡蒙古大汗，如当新旧交续之时，必须经王族诸将及所属各部酋长，召集公开会议确定之后，方可继登汗位。

这年秋天，成吉思汗本支亲王、亲族齐集在克鲁伦河畔，议定汗位的承继。会议开了40天，拖雷在耶律楚材的力谏下决定让窝阔台即位做大汗，自己继续监国。

登基朝仪是耶律楚材精心拟制的。为了确保朝仪的顺利进行，事先耶律楚材选中了察合台亲王，作为带头执行者。在正式的登基大典上，察合台率领众皇族和臣僚向窝阔台汗跪拜。

这样，耶律楚材一举除掉了蒙古国众首领不相统属的旧习，制定了尊卑礼节，严肃了皇帝的威仪。盛典进行得很顺利。

这些粗犷成性、散漫惯了的蒙古君臣，在日常的

执行过程中,有许多人仍难以适应。为此,窝阔台汗准备惩治那些违制的臣子。

耶律楚材上奏说:"陛下刚登帝位不久,对他们以宽恕为宜。"

窝阔台汗采纳了他的意见,果然效果很好。

耶律楚材建议实施的恩威并举,反复整顿的各项措施,有力地维护并逐渐健全了朝廷礼制。

1231年,蒙古国经过休养生息,国力更为强盛,窝阔台汗决定南征灭金,派遣大将速不台率领大军进围汴京。

1232年正月,金国将领崔立发动汴京政变。汴京在蒙古军猛攻下城陷指日可待。这时速不台奏请窝阔台汗,待城破之后屠城,窝阔台汗点头同意。

耶律楚材听到屠城预谋,急忙驰骑赶来入奏,力主不要屠城。窝阔台汗终于动了心,立刻准其所请,下令只把金国皇族完颜氏杀掉,其余一律赦免。自此以后,废了屠城之法。

4月,蒙军入汴京。当时为逃避战乱留居汴京者147万人,皆得保全性命。

1234年正月,蒙、宋合兵攻入蔡州,金国遂告灭亡。河南初平，蒙军俘获甚多。军队返回途中，逃走的俘虏十有七八。

窝阔台汗下令：凡是收留逃民和供给他们衣食的人，一家都处死，同时乡亲邻里也要受到连坐。

由此逃者不敢求舍，沿途不敢留宿，以致饿殍遍野。

耶律楚材念及民心向背，又进谏说："河南既然平定，那里的百姓都是陛下的子民，他们还能走到哪里去呢？何必因为一个俘虏，让数百或几十人一同连坐处死。"

窝阔台汗醒悟，遂撤销此禁令。

金亡之后，西部秦、巩等20余州久未攻下。耶律楚材向窝阔台汗献计说："过去我们百姓中的逃犯，可能集中在这些地方，所以他们拼死抵抗，如果准许不杀他们，那么这几个州将会不攻自下的。"

窝阔台汗下诏赦免逃亡旧罪，又宣布废弃杀降之法。诸城果然接连请降。

自窝阔台汗即位后，中原已在蒙古军掌握之中，此时此际，力兴文教，崇奉儒术，已经是当务之急。耶律楚材在进入汴京后，赶忙遣人入城收求孔子后

人,找到了孔子第五十一代孙孔元措,奏请袭封为"衍圣公"。并给予孔元措林田庙地,为之修孔庙,建林苑。

耶律楚材还命令招收太常寺因战乱散亡的那些礼乐生,还征召著名的儒生梁陟、王万庆、赵著等人,叫他们把儒家经典译成口头语,讲解给太子听。

耶律楚材亲自带领大臣们的子孙,手捧着经书解释其中意义,使他们领会圣人的学说。耶律楚材在燕京设立编修所,在平阳设置经籍所。正由于这样,文化事业兴旺发达起来了。

蒙古贵族崇尚武功,根本没有税制观念。耶律楚材深知如今的蒙古国已是一个多民族的国家,长治久安之计是推行汉人的做法,大力发展农业,如果保守地强调畜牧是狭隘的,是不合国情的落后政策。

基于这样的认识,耶律楚材对窝阔台汗说:"陛下您将南上征伐,军需物资应该及时供给,如果能合理地制定中原地区的地税、商税及盐、酒、铁冶和山林河泊等项上缴国家的税收,每年可以得到白银50万两、帛绢8万匹和粮食40余万石,足以满足军队的需要,这不远胜于变农为牧吗?"

窝阔台汗经过认真考虑，认为颇有道理，便命耶律楚材全权筹划，实行征税制度。

窝阔台汗灭金之后，蒙古君臣计议编制中原民户，以便征收赋税。经过多次争议，最后按耶律楚材的想法实行。

这样，用老、幼年牵制着青、壮年，使初步编制的户口比较稳定地存在下来。等大臣献上各地户籍时，窝阔台汗一时忘乎所以，竟许诺把部分州县赐给各亲王和功臣。

耶律楚材对此陈述了分封之害："分割土地和人民，容易产生彼此间的猜疑与矛盾，不如多赏赐给他黄金和绢帛。"

可是，窝阔台汗既已许诺，苦于不便食言，楚材便为之想了个变通办法："那就朝廷设置官吏，到各州县去收赋税，每年年终把赋税颁发给诸王功臣，使他们不能擅自科征，这样就行得通了。"

窝阔台汗依计而行，遂确定了财政税收办法及数额。

就这样，元朝的税制初步健全，形成按户、地、丁三者并行科税的制度。

耶律楚材还着手制定了手工业、商业和借贷等项制度，统一度量衡，确立钱钞通行之法等。

在一次蒙古诸亲王的集会上，窝阔台汗亲自给耶律楚材奉觞赐酒，由衷地说："我之所以推心置腹地任用你，这是因为先帝太祖的遗命。没有你，就没有中原的今天。我之所以能够高枕无忧，都是你努力的结果。"

由于这样的知遇之情，也由于耶律楚材的气质和胆略，使他能够在国家政治生活中发挥着极重要的作用。

1241年，窝阔台汗突然染病不起，稍稍好转，又要骑马负弓。窝阔台汗不听耶律楚材谏阻，连续疯狂驰骋5天，结果死于外地行宫。

窝阔台汗一死，汗后乃马真竟然自己临朝称制，耶律楚材一时难以阻挠，只是徐图良策。乃马真后崇信奸邪，朝政紊乱，政事都被搞乱了。耶律楚材终于愤懑成疾，于1244年抱恨长逝，卒年55岁。

耶律楚材以其智慧与能力，引导元朝统治者看到了汉文明的优越，使蒙古帝国本身没有的礼仪、赋税制度建立起来，使蒙古落后的分封制和部落联盟的管理制式逐渐消失，使蒙古幼稚的法制得以发展成长。他在蒙古部落向元朝过渡的创业中功不可没。

李汰黄金难换腐儒心

与于谦相比，明代李汰遵行儒家重义的道德原则，是一个以清廉为大义的官员。正如试金石可以试出黄金的成色一样，黄金则试出了李汰作为一个儒者的清白与高洁。

李汰是明代湖北蕲水人，文章颇有功夫，受到朝廷重用。虽身居要职，在钱财面前毫不动心。

明成化年间，一次，李汰受命到福建主持秋闱考试。他到达福建后，许多考生

纷纷打听他的住处，希望能打通关节进行贿赂，但都未得其果。

一天夜晚，守门的人忽然进来向李汰报告："大人，外面有个来人说是您的同乡，姓张，想要见您。"

李汰很感诧异，自己的同乡确有张某，但素无来往，已经10多年未见，深夜拜访，不知有何要事。于是示意守门的人让张某进来。

张某进来后，先是叙旧，随后四顾无人，从怀中取出两锭各10两的黄金，捧到李汰面前，直言道："我有一小儿，今年参加秋试，希望你看在同乡面子上，给照应照应。"

李汰听了同乡的话后，便面带微笑诚恳地说："你我同乡，有事拜托我，按理说我不应当推辞，但此事违背了一个主考官的原则，我万万做不到。"

张某坚持要李汰收下，就说："您是主考官，小儿的前程，全在您一句话。区区薄礼，请您收下，算是我的一点心意。"

李汰说："依我看，你还是让贤侄回去好好读书吧，不要尽想着走捷径。将来有了本事，自然会通过考试，有所作为的。"

张某一再要送，李汰坚持不收，并端起了茶杯，示意送客。

我国自古以来就是礼仪之邦，人际交往讲究"礼尚往来"，相互馈赠礼品表达心意非常普遍。有的官员在人情面前，往往心软面慈，难过人情关。而那些来请托办事之人，常常顶着同乡、同学、故知的名号，打的是感情牌，乃是要利用官员手中权力为自己牟取好处。

李汰非常清楚，张某就是打着这种"礼尚往来"的幌子，实际上做的是权钱交易的买卖，他送的是厚金重礼，为的是主考官手中权力所带来的丰厚利益。自己一旦被收买，就会完全失去了考试的公平原则，最终损害的是众多考生的利益和国家的利益。

李汰认为，不该做的事绝对不做，不能让私人感情干扰公务。于是，他让守门人找来一大块木匾，饱蘸笔墨，在上面奋笔写了一首拒贿诗，并署上自己的名字。然后，和守门的人一起，搭上梯子，连夜悬挂在科场的门楣之上。

第二天，人们看见在科场的门上，高悬着一块大匾，上面还有一首题诗，线条刚健有力，笔法气势磅

礴。诗写道：

> 义利源头识颇真，黄金难换腐儒心。
> 莫言暮夜无知者，须知乾坤有仙神。

这首诗写得正气凛然，旗帜鲜明地表明了主考官李汰本人的态度。表现了一个古代知识分子的铮铮硬骨。人们看后，个个拍手称快，都说主考官是个公正的人。

良心金不换，贪欲鬼神知。那个送礼的张某，本想再找机会贿赂李汰，但看到这块大匾后，真是又气又羞，只好改变主意，揣起黄金回老家去了。

古人拒绝贿赂的方法很多，有的厚谢婉拒，有的题文自勉，有的明牌警告，有的棒打送礼，这些方法都很有效，也一直为后人赞颂和学习。这些拒贿方式，其实关键是自己要树立以义为美，以利为耻的人生态度，才能始终保持一颗洁净之心，做到干净干事，清白做人。

李汰以诗拒贿，并明示于人，表明他在道义和利益面前，仍然保持着清醒的头脑和明辨是非的能力，

没有丢失正气,不被黄金迷住心窍,在公务往来中抱节自守。

李汰虽然在诗中自称"腐儒",但这种"腐儒"作风与当时有些考官的"机灵"行为形成鲜明的对比,显得尤为珍贵,更值得后人永远敬仰。

张员外不发不义之财

明代商品经济的发展,义利冲突成为商业活动中常见的问题。而明代末年一位不出名的山西商人张员外,能够谨遵儒家"以义取利"的传统,创造了非同一般的人生。

张员外在嘉湖一带经营粮食生意。他虽然不是巨富之人,但在义与利的问题上,却有着自己独特的理解和行为规范。

张员外反对以卑劣的手段骗取钱财,做到了"利信义出,先予后取"。作为一个小小的山西商人,他同样鲜明体现了晋商群体"以义制利"的义利观。

论　语

　　有一年大灾，嘉湖一带农业歉收，城里米价上涨，一些狡猾奸诈的商人看到这个情形，反而把米粮存积起来，待价而沽，不肯出售。于是，很多老百姓都没米吃，引起了很大的恐慌。朝廷官员向朝廷报告这个灾情，却一直没有得到朝廷的及时回复和拨粮。

　　张员外看了这个情形，很是忧虑。有好几次，在夜深人静之时，他都听到大街上传来孩子喊饿的哭叫声。那一阵阵的哭声，撕扯着张员外的心，使他彻夜难眠。

　　为了让人们有米吃，张员外毅然决定：把家里的存米半价出售！

　　这一天，张氏米店外竖起了一块很大的牌子，上面写着："为救灾荒之危，本店所存之米，一律半价出售。"还在下面用括号括进"赊现均可，歉赊丰还"8个字。

人们听了这个消息,纷纷拿着大兜小袋,蜂拥来到张氏米店。米店前排起了长长的队伍,张员外吆喝伙计抓紧忙活,有现钱购买的,有赊账开据的,人声鼎沸。伙计们个个忙得满头大汗,不亦乐乎。

凡是来到张氏米店的人,没有一个空手回去的,都装满了手里的兜兜袋袋,个个快乐得不得了,心想这下可以吃上饱饭了,更是打心眼里感激张员外。

张员外又想到了那些极贫苦的人,他们没有钱买米,而且他们自己也没有偿还能力,也就没来赊米,现在仍然在挨饿。于是,张员外又掏钱办了一个粥厂,决定施粥济民。

张员外让粥厂负责人先统计一下贫苦人家的人数,据此制作餐券,然后贴出告示,让他们来领餐券。粥厂根据餐券的发放量,煮米为粥,按券发送,一日三餐,每餐白粥一大碗,咸菜一小碟。

许多贫苦的人空着肚子来,吃得饱饱的回去,大家都称颂张员外是个"活菩萨"。

面对人们的赞誉,张员外却很谦虚地说:"荒年米价比较贵,半价出售和赊米给大家,是为了怕奸商

乘机赚钱，害得大家没有米吃。至于施粥的费用也不多，只要大家都有饭吃，我就觉得很安慰了。"

张员外不断地将米半价出售，又持续地施粥给穷人，家里的钱也渐渐用完了。但是，歉收带来的缺粮恐慌不可能马上平复，张员外心里十分焦急。

张员外想：在这样的时候，如果把救济的事儿停止了，一般贫民就会有饿死的可能，那自己当初的救济不就等于白费了吗？想定了主意，张员外就去和夫人商量。

张员外和夫人说："现在我们还有一部分家产，我应该把这些产业变卖了，继续救济才是。做善事不能半途中止，救人救到底！"

张员外的夫人生于大户人家，自幼知书达理。她自从和张员外结婚后，两人感情很好。她深知自己的丈夫虽是商人，但心地善良，崇尚节俭，勤奋上进。她深信丈夫的事业会有更大发展，所以深明大义，夫唱妇随。夫妻两人恩恩爱爱，举案齐眉，很是融洽。

贤德的张夫人听了丈夫的话，非常赞成，并且说："积存产业给子孙，如果不是积德，万一子孙不成才，没出息，就算是金山银山也会用尽；如果积德给子孙，虽然没有留家产给他们，但是将来如果子孙好，还是会富裕起来的！田地房屋，就由你做主变卖，我还有许多珠宝首饰，也一起卖了吧！"

张员外听了，不住嘴地称赞夫人："夫人，你真是通情达理，真是菩萨心肠啊！"

夫人笑笑说："快别贫了。其实这些金银首饰我也用不着，都是浮产，放在那里也没什么实际用处。现在，咱就去把值钱的东西找一找，拿出去卖了吧！"

两人找出值钱的东西，拿到当铺换了银两，用这些银两继续做善事，直至饥荒的现象完全消除了，他们才恢复营业。

张员外作出这样的决定，并不是一时冲动，而是认认真真地算过一笔良心账的。

他想：自己这些年全仰仗嘉湖一带的百姓，是这里的衣食父母给自己带来了收益，挣了钱。眼下正当灾荒之年，正是自己回报他们的时候，只有救急赈灾，才能使自己赢得更好的声誉，有利于今后的发展。两者相比，孰重孰轻，不言自明。

张员外放粮施粥，赢得了一方百姓的赞誉和

信任,荒年过后,那些到过张氏米店接受救济的人,几乎都成了张员外的主顾,生意自然也日渐兴隆。

张员外的粮食生意越做越大,周围几百里方圆的地方,都有他的业务。随着收入的增加,他又扩大了经营项目,收益更加可观了。

张员外过世后,他的子孙延续了一代又一代,每一代家中也都有产业。而且由于良好的口碑传颂不断,官府也很重视,他的子孙中有不少人被官府赐予官职,管理地方上的市场。人们都说:"张员外当初救济受灾的人,这些都是他老人家所积的德啊!"

张员外这种"为义让利"的宽阔胸怀,足以让那些短视的商人无地自容。而他这种毫不利己、专门利人,甚至是损己利人的做法,在大灾之年是极为罕见的,也为所有商业经营者树立了榜样。

求仁而得仁

子曰:"富而可求也,虽执鞭之士①,吾亦为之;如不可求,从吾所好。"

冉有曰:"夫子为②卫君③乎?"子贡曰:"诺④,吾将问之。"入,曰:"伯夷、叔齐何人也?"曰:"古之贤人也。"曰:"怨乎?"曰:"求仁而得仁,又何怨。"出,曰:"夫子不为也。"

【注释】

①执鞭之士:古代为天子、诸侯和官员出入时手执皮鞭开路的人。意思指地位低下的职事。

②为:这里是帮助的意思。

 论　语

③卫君：卫出公辄，是卫灵公的孙子。公元前492年—前481年在位。他的父亲因得罪于卫灵公而被卫灵公驱逐出国。灵公死后，辄被立为国君，其父回国与他争位。

④诺：答应的声音。

【解释】

孔子说："如果富贵合乎于道就可以去追求，虽然是给人执鞭的下等差事，我也愿意去做。如果富贵不合于道就不必去追求，那就还是按我的爱好去干事。"

冉有（问子贡）说："老师会帮助卫国的国君吗？"子贡说："嗯，我去问他。"于是就进去问孔子："伯夷、叔齐是什么样的人呢？"（孔子）说："古代的贤人。"（子贡又）问："他们有怨恨吗？"（孔子）说："他们求仁而得到了仁，为什么有怨恨呢？"（子贡）出来（对冉有）说："老师不会帮助卫君。"

【故事】

赵奢不畏权贵收税

战国时,赵国有一个叫赵奢的人,做过田部吏。因为他善于用兵,后来当了赵国的大将。在秦赵交战时,他曾率军大破秦军,因功被封为马服君。

在赵奢当田部吏的时候,有一次征收租税,平原君赵胜家不愿意交租税,赵奢依法杀了在平原君手下为虎作伥的九个打手。平原君大怒,要杀掉赵奢。

赵奢毫不畏惧,他对平原君说:"你身为赵国的贵公子,纵容家人抗租不交,这是无视国家法律的行为。国家的法律削弱了,国家就要衰败,国家衰败了,各国诸侯就会出兵攻赵,我们赵国就要灭亡了。到那时,你还能有现在的荣华富贵吗?"

平原君听了赵奢的话,觉得非常有道理。于是平原君就禀报赵王说赵奢是一个很贤明的大臣,赵奢也因此得到了赵王的进一步重用。

论 语

曹操割发以明军纪

严于律己是笃实宽厚美德的内涵之一,它的要求是要严格地约束自己的一言一行。三国时期的杰出政治家、军事家和诗人曹操就是这样的人。

曹操,带兵军纪严明,并且以身作则,带头遵守,因此他的军队很有战斗力,很快就消灭了多股强大的军阀割据势力,并统一了北方。

曹操看到中原一带,由于多年战乱,人民四处流散,田地荒芜,就采纳部将的建议,下令让军队的士兵和老百姓实行屯田。很快,荒芜的土地种上了庄稼,收获了大批的粮食。

有了粮食,老百姓安居乐业了,军队也有了充足的军粮,为进一步统一全国打下了物质基础。看到这一切,大家都很高兴。

可是,有些士兵不懂得爱护庄稼,常有人在庄稼地里乱跑,踩坏庄稼。曹操知道后很生气,他想,浩

浩荡荡的大军,如果不加约束,肯定会把大片的庄稼损坏。于是下了一道极其严厉的命令:全军将士,一律不得践踏庄稼,违令者斩!

将士们都知道曹操一向军令如山,令出必行,令禁必止,决不姑息宽容。所以此令一下,将士们小心谨慎,唯恐犯了军纪。将士们操练、行军经过庄稼地旁边的时候,总是小心翼翼地通过。有时,将士们看到路旁有倒伏的庄稼,还会过去把它扶起来。

老百姓看见曹操的官兵这样爱护庄稼,没有不称颂的。有的望着官军的背影,还跪在地上拜谢。

有一次,曹操领兵出征,要经过一片麦田。当时正是麦子扬花抽穗的季节,他再次号令三军:"士兵

不得损坏麦子，违犯命令的处死。"

命令一下，将士们个个小心翼翼。骑兵都下了马，用手扶起麦苗，以帮助马匹便于通过。

就在大军快要走过麦田时，突然"扑啦啦"一阵响，从路旁的草丛里窜出几只野鸡，贴曹操的马头上飞过。曹操的枣红马没有防备，被这突如其来的情况吓惊了。它嘶叫着狂奔起来，跑进了附近的麦子地。等到曹操使劲勒住了惊马，发现地里的麦子已经被跳跃着的马踩倒了一大片。

曹操心里感到很惭愧，立即叫来随行的主簿官，十分认真地对他说："今天，我的马踩坏了麦田，违犯了军纪，请你按照军法给我治罪吧！"

听了曹操的话，主簿官犯了难。按照曹操制订的军纪，踩坏了庄稼，是要治死罪的。可是，曹操是主帅，军纪也是他制订的，怎么能治他的罪呢？想到这，他说道："怎么能给丞相治罪呢？"

曹操说："我亲口说的话都不遵守，还会有谁心甘情愿地遵守呢？一个不守信用的人，怎么能统领成千上万的士兵呢？"随即抽出腰间的佩剑要自刎，众人连忙拦住。

这时，大臣郭嘉走上前说："古书《春秋》上说，'刑不上大夫'。丞相统领大军，重任在身，怎么能自杀呢？"

曹操说："这怎么能行？如果大夫以上的高官都可以不受法令的约束，那法令还有什么用处？何况这糟蹋了庄稼要治死罪的军令是我下的，如果我自己不执行，怎么能让将士们去执行呢？"

主簿官又说道："丞相，您的马是受到惊吓才冲入麦田的，并不是您有意违犯军纪，踩坏庄稼的，我看还是免于处罚吧！"

曹操反驳说："不，你的理不通。军令就是军令，不能分什么有意无意，如果大家违犯了军纪，都去找一些理由来免于处罚，那军令不就成了一纸空文了吗？军纪人人都得遵守，我怎么能例外呢？"

主簿官头上冒出了冷汗，他想了想又说："丞相，您是全军的主帅，如果按军令从事，那谁来指挥打仗呢？再说，朝廷不能没有丞相，老百姓也不能没有您呀！"

众将官见大臣郭嘉和主簿官都这样说，也纷纷上前哀求，请曹操不要处罚自己。

曹操见大家求情，沉思了好久说："既然古书《春秋》上有'刑不上大夫'的说法，我又肩负着天子交给我的重要任务，那就暂且免去一死吧！但是，我不能说话不算话，我犯了错误也应该受罚。"

说完，曹操就抽出佩剑，挥手割断了自己的头发说："不治死罪，也要治罪，那就用我的头发来代替我的首级吧！"

曹操又派人传令三军：

丞相践踏麦田，本该斩首示众，因为肩负重任，所以割掉头发替罪。

在场的将士们，见了曹操的这一举动，个个都张口咋舌地称赞了一番。不久，曹操统率这支严格训练，严明军纪的2万精兵，一举击败袁绍10万众兵，取得官渡决战的胜利。

剪头发是件很正常的事，可是，古代人认为自己的身体发肤是父母所赐予的，毁伤了它，就是不孝。割下人的头发，在当时还算是一种不轻的刑罚，被称作髡刑。

如果曹操当时置已经长熟的庄稼于不顾，任由军队乱马齐踏，遭殃的自然是辛苦了一季的百姓。以割发自刑，并不是做给旁人看的狡诈行为，主要是反映了他能以身作则的大将风度。

曹操作为封建社会的政治家，能够割发代首，严于律己，实属难能可贵。所以也就被后人传为佳话。

孙权察人律己之德

如果说曹操有严于律己之美，那么孙权更有察人律己之德。三国时期的孙权反对空谈，雅量容人，知错能改，因而能坐镇江东，成就一番事业。同样体现了儒家一贯提倡的笃实宽厚精神。

孙权的父亲与兄长在东汉末年群雄割据中打下江东基业，孙权自19岁执掌政务，后来建立东吴政权。其过人之处不仅在于他文治武功，英明有为，更有赖于他明察秋毫，明辨是非，而且自己也能够知错必改。

 论 语

孙权在少年时,在哥哥孙策庇护之下,养成一些纨绔习气,每日呼朋唤友、吃喝玩乐,手头未免吃紧。而孙策虽为江东之主,却对弟弟要求严厉,平时绝少给零花钱。

孙权惧怕哥哥,又想花钱舒服,便去找管钱的吕范通融,意图弄些银两来花。不料吕范非常坚持原则,他正色说:"银子不是没有,但必须按程序办事,我得先向主公报告,主公如果同意,我立刻给钱,否则不能擅动,请您包涵。"

这话说得不卑不亢,孙权碰个软钉子,灰溜溜走了。回去后,经手下人一怂恿,孙权放出狠话:"待我掌权,一定杀了吕范"。

此话传到了吕范的耳里,吕范倒不害怕,只是微微一笑,之后遇到孙权来要钱,照旧秉公办事,并不买账。

两年之后,孙策让孙权到阳羡做代理

县令。孙权有了权力,如鱼得水,时常公款私用。一天,孙策突然安排人对孙权进行"任中审计",孙权知道在责难逃,吓出一身冷汗。

这时,孙策身边有一个叫周谷的功曹,惯于察言观色、心眼活络,见孙权忧心,以为邀功之机来临,便站出来替孙权连夜制造假账,成功地骗过孙策,使孙权躲过一场责罚。

孙权当时很高兴,拍着周谷肩膀说:"日后等我掌权,肯定重用你。"周谷自然满心欢喜。

不久孙策亡故,孙权执掌政务,重新审视周围大臣。这时他才发觉,曾拒绝自己的吕范,为人忠诚可信,而迎合自己的周谷,却毫无操守,难以让人放心。于是,他对吕范委以重任,而将周谷毅然辞退。

成大业者,并非生而伟岸。孙权也曾不肖,但他成为江东首领后迅速完成角色转变,成功转型,不仅明辨是非,知材善用,而且也做到了知错必改,使自己的人格逐渐完善。这便是孙权的过人之处,也是他取得成功的根本。

在孙权重用的人才当中,张昭由于常常直接指出孙权的过错,因而与孙权的关系很有戏剧性。

张昭是东吴两朝老臣,他在孙权面前从来是直言不讳的,因此获得孙权的信任,也因此产生了矛盾。

有一次,远在辽东的公孙渊派人递降表,孙权一看,高兴极了,马上派张弥、许晏两人去授公孙渊为燕王。

张昭听了,马上阻止说:"公孙渊背叛了魏国,怕因此受到征讨,所以才远道来求我们援助的,归顺不是他的本意。如果公孙渊改变了主意,打算重新获得魏国的谅解,就会杀人灭口,这两个使臣肯定回不来了。那样的话,不是白白送了他两人的性命而叫天下人耻笑吗?"

孙权说出了自己这样做的想法,但都被张昭一一加以驳斥。这样反复了几次,张昭一次比一次态度坚决,言词非常激烈。

孙权说不过张昭,觉得面子上过不去,就变了脸,拔出宝剑怒气冲冲地说:"吴国的士人入宫则拜见我,出宫则拜见您。我对您的倚重也到了无以复加的程度,可是您却多次在大庭广众之下让我难堪,我真担心有一天会因为不能容忍而杀死了您。"

听了这些,张昭既没慌张又没退缩,他非常镇定地说:"我之所以明知道您并不按我说的做,还满腔热忱地来规范您,是因为奉诏辅佐您啊!"说完,泣不成声。

孙权见状也感到伤心,把宝剑扔在地下,和张昭相对而泣。但孙权很固执,没有因此采纳张昭的意见,仍旧派张弥和许晏到了辽东。

张昭见孙权不听劝告,非常恼火,回府以后,就称病不理国事。孙权对他这样做很生气,干脆派人用土堵住了他的府门,表示永远不再用他为官。

张昭看孙权把他家门堵了,非常气愤,他也不示弱,索性在院里用土把里面的门也封住了,表示永远不出门为孙权办事。

张弥、许晏按照孙权的意图,来到辽东,公孙渊果真变了卦,把他们俩给杀了。孙权万万没想到真让张昭言中了,他很惭愧,觉得对不住张昭,就派人运走了堵在张昭门口的土,又几次向张昭赔礼道歉,可张昭不理,后来又派人前去,却都吃了闭门羹。

怎么办呢?孙权灵机一动,派人放火烧张昭府上的大门。他想,大火一着起来,张昭还不往外跑?到那时,自己不就看见他了吗?

论 语

孙权觉得自己主意不错。可是,张昭看见孙权放火烧门,索性坐在屋里不动,等着大火把他烧死。

孙权一看这招不灵,大惊失色,真怕火着起来把张昭烧死。于是,赶紧下令灭火。孙权在门口暗暗责备自己,恨自己办错了事,伤了这位股肱之臣的心。

张昭的儿子一看再僵持下去也太不像话了,就连劝带拉,硬逼着父亲去见孙权。孙权一看张昭终于出了门,就诚恳地请他到宫中一叙。

张昭来到宫里,孙权向张昭承认了错误,并表示今后要尊重他的意见,搞好君臣关系。张昭见孙权这样诚心诚意,满肚子的闷气顿时一扫而光,就又竭尽全力地协助孙权治理国家。

娄师德的宽厚品德

中华民族笃实宽厚的传统发展至唐代,已经渗透到社会政治生活和文化生活当中,对人们的气质、性格和精神都产生了巨大影响。唐代大臣、名将娄师

德,就是一个将笃实宽厚传统美德发扬光大的人。

娄师德,自幼才思敏捷,20岁便以进士及第授江都县尉。677年,为了抵御来自吐蕃的威胁,娄师德毅然从戎,指挥唐军八战八捷,成为唐代抵抗吐蕃入侵的著名将领,深得武则天的赏识。

娄师德方口厚唇,为人宽厚,深沉有度量,即使冒犯他也不计较。一次他与内史李昭德一同入朝,娄师德因身体肥胖而行动缓慢,李昭德好几次停下来等他,他还是赶不上。

李昭德生气发怒,说:"你这个只配种地的臭家伙。"

娄师德听了也不发火,笑道:"我就是个种过地的人,如果我不是种地的人,还有谁是呢?"

娄师德才能非常,得到武则天的赏识,招来很多

人的嫉妒，所以他谨慎自律，也要求家人不要张扬，凡事收敛。

娄师德有个弟弟被任命为代州刺史。临上任辞行时，娄师德对弟弟说："我现在得到陛下的赏识，已经有很多人在陛下面前诋毁我了，所以你这次在外做官一定要事事忍让。只要你稍稍有点过分了，人家就会嫉妒我们。"

他的弟弟跪下说："从今以后，即使有人把口水吐到我脸上我也不敢还嘴，把口水擦去就是了。我以此来自勉，绝不让哥哥操心。"

娄师德说："这恰恰是我最担心的。人家拿口水唾你，是人家对你发怒了。如果你把口水擦了，说明你不满。不满而擦掉，人家就更加发怒。所以唾沫不能擦，要让他自己干掉，并以笑来承受，这样才是处世的充盈之道！"

这个"唾面自干"的故事，表明娄师德即使受了侮辱，也善于容忍而不加反抗。这是品德修养达到一定境界的表现。

有一次，娄师德遇到一个无知的街头混混，指名道姓地辱骂他，他就装着没有听到。

有人转告娄师德，娄师德却说："那是骂别人的。"那人又说："他明明喊你的名字在骂！"

娄师德说："天下难道没有同姓同名的人吗？"

这时，又有一个人感到不平，也替娄师德说话。娄师德说："他们骂我而你向我叙述，就等于再骂我一次。"

娄师德除了上述的优点外，还善于举荐人才。唐代著名政治家狄仁杰当宰相之前，娄师德就曾多次在武则天面前竭力推荐他。

一次，武则天单独召见娄师德，和他谈论政事。谈话中，武则天问娄师德有没有可以担任辅政大政的人才。娄师德听后，未多考虑，极力推荐了狄仁杰。事后，武则天果然采纳了娄师德的意见，将狄仁杰从外地召回京城和娄师德一起同任宰相。

狄仁杰任宰相后并不知道是娄师德举荐的。相反，他认为娄师德不过是个普通武将。时间长了，引起了武则天的注意。

一天，武则天在便殿和狄仁杰闲谈。闲谈中，武则天有意问狄仁杰："娄师德的品德好不好？"

狄仁杰说："他带兵守边时，有过战功，至于他

的品德好是不好，我不太清楚。"

武则天接着又问："他能发现和举荐出色的人才吗？"

狄仁杰说："这方面的事情，我还不曾听说过。"

听到这，武则天哈哈大笑，对狄仁杰说："你还不知吧？你能当上宰相，正是由于他的举荐呀！"接着又说，"依我看，没有比娄师德做得更好的了。"随即令侍从取来文件箱，拿出10多篇娄师德的奏折给狄仁杰看。

狄仁杰一看惊惧得汗透衣衫，连忙向武则天认错。原来这些奏折都是娄师德力荐朝廷重用狄仁杰的。每折都有语皆真，无情不切。

狄仁杰感到十分惭愧，感叹地说："娄公的德行真是像高山一样盛大啊！我没想到竟一直被娄大人默默容忍而不自知，反而一直自以为是。娄公却从来没有半点骄矜的表现，我比娄公差远了！"

狄仁杰和武则天闲谈后，回到家里，立即换成轻衣小帽，径直来到娄府，见到娄师德，一躬到地，当面向他赔礼道歉。

娄师德说："我认为你刚直不阿，所言不偏，能为国安民，因此我推荐你，必能匡复唐室，当时我没有考虑到自己。"

狄仁杰说："如果不是太后所言，我哪里知道这些啊！"

娄师德也很高兴，吩咐人备酒，款待狄仁杰。

狄仁杰经此一事，对娄师德的胸怀和德品佩服得五体投地。自此之后，狄仁杰主动接近娄师德，很快两人的关系密切起来，共同辅佐武则天管理国务。

不久，北方的契丹国出兵犯境，攻陷了一些州郡。这时狄仁杰和娄师德一同率兵出征，抵御敌兵。他俩互相配合，分路出击，杀退了敌军，收复了失去的州郡，使边境居民重新过上了安居乐业的生活。

娄师德为人严于律己、宽以待人，为官胸怀广阔、以德治世。其厚德载物，海纳百川的胸襟和气度，表明他具有高尚的品德修养，充分彰显了人格的可贵。

刚直清廉的海瑞

海瑞在4岁的时候父亲不幸病逝,他和母亲相依为命,生活异常清苦。母亲很刚强,勤俭持家,教子有方,在她的亲自督导下,海瑞自幼即诵读儒学经典,加上母亲为他所请的良师指点及严格要求,海瑞得到了良好的家教与文化教育,这使海瑞很早就有了报国爱民的思想。

海瑞20多岁考上举人后,先是到南平担任教谕。过了几年,海瑞因为考核成绩优秀,被授予浙江严州府淳安县知县。淳安县经济比较落后,又位于南北交通要道,接待应酬,多如牛毛,百姓不堪其扰。

海瑞上任后，严格按标准接待，对吃拿卡要的官员毫不客气。

在做知县期间，海瑞把淳安县管理得井井有条，他审判的案子也从来没有出过错，一件件都水落石出。从此，"海青天"的称号就在淳安县传开了。

一天上午，海瑞正在县衙里阅批公文，有一篇公文上说总督胡宗宪的公子不日即来淳安。海瑞刚刚看完公文，就有衙役匆匆忙忙地跑进来说："大人，胡总督公子带一大批随从已到淳安县。"

"将他们安置在官驿，按普通客人招待。"海瑞头也没抬吩咐道。对于胡公子的到来，海瑞不惊不乱。

要是换了另外一个县令，恐怕早就集合全体差役热烈欢迎了。过了一会儿，那个差役又来报信："大人，大事不好，胡公子在官驿大发脾气，并把驿吏绑起来毒打。"

海瑞听了非常生气，决定要教训这位胡公子，他想出一个绝妙的主意。

海瑞带着差役把胡公子和他的随从抓回县衙，然后立刻升堂。海瑞端坐在堂上一拍惊堂木，大问：

 论 语

"你是何人竟敢假冒胡总督的公子,速速从实招来。"

胡公子被森严的公堂吓得脸色苍白,连话都讲不出来了,原来的骄横劲再也不见了。海瑞又命人从胡公子的行装里搜出了几千两银子,便更加理直气壮,不仅没收银子充公,而且还将胡公子等人立刻赶出淳安县。

百姓无不拍手称快,夸赞海瑞真不愧是个好清官。

与此同时,海瑞所书写的报告已送到了胡宗宪总督衙门,报告称"有一群歹人竟冒充胡公子名号行骗,幸好被抓获,银子没收,并赶出淳安"。

胡宗宪见到哭哭啼啼的儿子回来,知道吃了哑巴亏,也没有办法,他只得告诫儿子以后不要去淳安县惹海瑞。不久,有个叫鄢懋卿的刺史要到浙江巡查,这个刺史是严嵩的干儿子,是个大坏蛋。浙江各郡县忙碌起来,准备金银进献,唯独淳安县没有动静。

其实海瑞早就知道这个消息,但他十分痛恨靠压榨百姓奉承上级的行为,他告诉差役不要准备,他自有对策。

海瑞很快写了一封信给鄢懋卿,信里说:

我知道大人您是个节俭的人，常说不要铺张浪费。但这次您所到之处都是大鱼大肉盛情款待您，这使卑职我非常为难。不热情款待怕怠慢了您，热情款待又怕违反您命令，我真不知道该怎么办才好。

海瑞的信给鄢懋卿出了个大难题，他心里想：海瑞可真难对付！他发作不是，不发作也不是。再加上近来海瑞由于胡公子的事声名很盛，最后他决定还是不要去淳安县碰这块硬骨头的好。于是，他只好绕开淳安县去巡视其他各县了。

通过这件事，海瑞又一次打击了严嵩同党的气焰，在老百姓心中的威望更高了。

后来海瑞做了京官，升为户部主事。但他刚直不阿的性格一点儿也没有改变，更难能可贵的是他那一颗赤诚的忧国忧民之心时刻在跳动着。当他看到皇帝对国家大事置之不闻，深居内宫，迷信道士，荒废国事时，又痛心又气愤。

于是，他在1566年2月上书给嘉靖皇帝，将他所犯的错误全部数了出来。在此之前，海瑞在棺材铺

里买好了棺材，并且将自己的家人托付给了一个朋友。可见他根本就没自己留什么后路。

嘉靖皇帝读了海瑞奏书十分愤怒，把奏书扔在地上，对左右人说："快把他逮起来，不要让他跑掉。"

宦官黄锦在旁边说："这个人向来有傻名。听说他上书时，自己知道冒犯该死，买了一个棺材，和妻子诀别，在朝廷听候治罪，奴仆们也四处奔散没有留下来的，是不会逃跑的。"

嘉靖皇帝听了默默无言。过了一会又读海瑞奏书，一天里反复读了多次，总觉得很难容忍海瑞的责备，于是将海瑞逮捕，关进监狱。

两个月后，嘉靖皇帝去世，明穆宗继位，海瑞被释放出狱，官复原职。不久改任兵部，提拔为尚宝丞，调任大理寺。

明穆宗向来器重海瑞名，屡次要召用海瑞。这时的海瑞已到古稀之年，他给明穆宗上书说："现在对贪官污吏刑罚太轻，应当用严厉的方法惩治贪污。"

明穆宗想重用海瑞，却被大学士入阁主持国事的官员暗中阻止，于是任命海瑞为南京右都御史。

海瑞到任时，发现诸司向来苟且怠慢，他就身体力行矫正弊端。有的御史偶尔陈列戏乐，海瑞要按明太祖法规给予杖刑。百官恐惧不安，都怕受其苦。提学御史房寰恐怕被举发就先告状，给事中钟宇淳又从中怂恿，房寰再次上书诽谤诬蔑海瑞。海瑞也多次上书请求退休，皇帝下诏安抚挽留。

1587年，海瑞去世于任上。去世时，南京都察院佥都御史王用汲去照顾海瑞，只见用布制成的帷帐和破烂的竹器，有些是贫寒的文人也不愿使用的，因而禁不住哭起来，凑钱为海瑞办理丧事。海瑞的死讯传出，南京的百姓因此罢市。海瑞的灵柩用船运回家乡时，穿着孝服的人站满了两岸，祭奠哭拜的人百里不绝。

乐在其中

子曰："饭疏食①饮水，曲肱②而枕之，乐亦在其中矣。不义而富且贵，于我如浮云。"

子曰:"加我数年,五十以学《易》,可以无大过矣。"

叶公③问孔子于子路,子路不对。

子曰:"女奚不曰,其④为人也,发愤忘食,乐以忘忧,不知老之将至。云尔!"

【注释】

①饭疏食:饭,这里是吃的意思,疏食即粗粮。
②曲肱:肱,胳膊。曲肱,即弯着胳膊。
③叶公:姓沈,名诸梁,楚国的贤大夫。
④其:他,孔子自指。

【解释】

孔子说:"吃粗粮,喝冷水,弯着胳膊当枕头睡觉,其中也自有它的乐趣。干不正当的事而得到的财富与权贵,在我看来就如同浮云。"

孔子说:"再给我几年时间,到五十岁学习《易》,我便可以没有大的过错了。"

叶公向子路询问孔子的为人怎么样,子路不回答。

孔子对子路说:"你为什么不这样说:他的为人啊,用功就会忘了吃饭,快乐就会忘了忧愁,连自己快要老了都不知道,如此而已。"

孔子的信行与报恩

孔子不仅是诚信的倡导者,也是诚信美德的积极实践者,更是一个胸怀仁爱,而且懂得报恩的大贤。

一天,子路向老师孔子汇报工作,谈到这样一件事:有一位老农,年逾古稀,一生以务农为本,勤劳俭朴,遵纪守法,在乡里享有名望。可是他有一个儿子对他不孝顺,每天不让他吃饱饭,而且吃的都是粗粮。

老农听到中都有了父母官,就想打官司告儿子虐待他,但一生忠厚的老农不敢面见官府。正当这时,子路来到了这个村子,在乡邻们引领下,老农找到了子路,诉说了儿子不孝的情形。

论 语

子路听了十分生气,就把他儿子找来,教育他要孝顺父母,并限他立即改正,儿子当面答应了子路所提出的要求。但是,事情过后,这个不孝子不但不改正错误,反而变本加厉地虐待父亲,经常不给他饭吃。

老人这次在乡邻的指引下,来到中都向子路投诉。子路答应在3天内一定把这件事办好,并嘱托同来的乡邻照顾好老者。也许是事情太多,子路就把这件事情给忘记了。10多天后,老农来到衙门告状。当时孔子担任中都宰,掌管民事刑事案件。

孔子问道:"老人家,你来有什么事?"

老者把几次见子路的经过和子路的答复一一告知了孔子。孔子对子路处理问题的拖沓作风十分不快。他先亲自扶着老人进入内间,交代用餐事宜,然后,立即叫人传来了子路。

孔子表情庄重，严肃地对子路说："一个人没有信用，就难以立足。你答应了老农的事又拖着不办，失信于百姓，这怎么行呢？"

子路知道错了，也没有辩护，只诚恳地说："我对这老者是十分同情的！"

孔子说："同情而不解决问题，同情就只能是一句空话。一个有道德的人在处理问题上应该忠诚信实，答应的事情就应该去做完，做好。你叫人去把这个不孝之子给我带来，我亲自来处理。"

子路遵照老师的指示，立即将这个不孝儿子带来了。子路发现，老师看到这个人后，肃穆庄严的面容中，还带有几分怜悯痛惜的神情。子路又一次感受到了老师的仁慈之心。

孔子沉吟片刻，才开口问道："你有儿子吗？"

不孝儿子说："有。"

孔子问："儿子生下来时有多长呀？"

不孝儿子说："不过一尺。"

孔子问："那现在有多高了？"

不孝儿子说："6尺有余。"

孔子问："是谁养他这么高的？"

 论语

不孝儿子说:"是我和他的母亲。"

孔子问:"那你是谁养大的呢?"

不孝儿子说:"是我的父母。"

孔子问:"你知道是你父母将你养大的,这就好了。"孔子又问,"你现在多大?"

不孝儿子说:"32岁。"

孔子说:"再过20年,你的年纪将是你父亲今年的年龄。那时你也不能种庄稼了,谁来养活你呀?"

不孝儿子说:"靠儿子来养活。"

孔子说:"你今天不愿赡养你的父亲,到时,你的儿子也向你学习,以你今天对你父亲的态度来对待你,你有什么办法?"

不孝儿子无言以对。

孔子说:"生你养你的父母你不赡养,应由哪个来养?"

不孝儿子哑口无言。

孔子说:"父母养育之恩,应该尽心尽力报答。羊尚有跪乳之恩,乌鸦有反哺之义,你这不孝之子,连禽兽都不如,何谈有半点人性,你可知罪?"

这时,不孝儿子说: "小人一时糊涂,小人

知罪！"

孔子说："知罪就好。今后你应该如何对待你的父亲？"

不孝儿子说："我一定赡养他，让他有饭吃。"

孔子又说："你的所谓孝，只要有饭给他吃，养活他就行了吗？如果不真心孝敬你的父母，这和你饲养的狗、马又有什么区别呢！"

不孝儿子连忙说："大人饶恕，小人今后一定恭敬诚心地赡养他老人家。"

孔子说："那就好了。你今天既是父亲又是儿子，做父亲就应该像个做父亲的样子，做儿子就要像个做儿子的样子，这才是美德。今天你有悔改，我就不再追究你的罪过了，快快将你父亲接回去吧！"

不孝儿子说："大人的教诲，小人终生难忘！"

孔子要子路将老者扶起来，儿子对父亲痛哭流涕，悔愧不已。孔子又将老者送出门外。

孔子处理的这件事，给子路树立了表率，使子路很受教育，知道了诚信的重要，从此以后，实实在在地履行诚信，做到了"无宿诺"，即当天答应的事情不放到第二天就完成。同时，这件事也教育了中都的

百姓，人们知道了后，就很少有不孝的事情发生了。

孔子不仅凡事讲诚信，还宽心仁厚，以仁为本去看待事情，并且注重报恩。下面这个典型事件，集中反映了孔子这方面的思想。

公元前492年，孔子带领弟子子路、司马牛等人进入宋国边界，见一群军校手持鞭子正在驱赶上百民工搬运石头，为只有38岁的宋国大司马修造坟墓。有一位年近70岁的老者，因精疲力竭昏厥倒地，军校见了走过去，皮鞭雨点似的落在他身上。

孔子目不忍睹，叫子路前去劝阻。军校举鞭向子路抽来，子路拔剑将他手中的鞭子削成两截。

孔子上前对军校说："老人家已被折磨成这样了，你们就放过他吧！"接着拿出钱打发军校，又令弟子将尚存一息的老者扶上车送去调治。

为了方便拜见国君宋景公，孔子师徒选择了商丘一家较宽敞的石记客店住下来，店主名叫石头。

军校回去把发生的事情报告了大司马。大司马恨得咬牙切齿："务必将那伙人斩尽杀绝！"军校得令，便装寻访，很快在石记客店找到了孔子一行。

军校叮嘱石头："严密监视这伙人，今晚大司马将派兵杀他们！不要走漏风声，否则，灭你九族！"

石头唯唯诺诺等军校一走，立即将消息报告了孔子。孔子大惊，带领弟子就要出逃。石头说："这样易暴露目标，需改扮成商人！"说完，他找来商人服饰叫他们穿上，并做向导带他们出城直至国境。

孔子问石头："你我素昧平生，为何舍命相救？"

石头说："先生在墓场救下的老者，正是我的父亲啊！大恩大德，岂能不报？"

孔子感激万分，怕石头回去惨遭大司马毒手，亲自修书一封，介绍石头到卫国去找朋友蘧伯玉，求他为救命恩人谋个职业。

数年后，孔子又到了卫国。一天，他正给弟子们讲学，弟子司马牛哭着跑来告诉他："那个石头病故了！"

孔子闻言，立即带领弟子前去奔丧。在破旧狭小的茅屋里，孔子见石头衣衫褴褛赤脚躺在木板上，身上盖着一张破席，泣不成声："恩人啊，你为何落到如此地步？"

司马牛说："蘧伯玉在世时，石头生活得很好。伯玉去世后，他连糊口的差事也没有了。"

孔子虔诚跪下:"恩人在上,请受孔丘一拜!"孔子行完大礼,马上对颜回说:"快将我的马卖掉,我要厚葬恩人!"

颜回为难地说:"请老师三思,依礼,大夫不可无车。再者,吾辈将不知奔波何方,路途遥远,您……"

孔子果断摆摆手说:"无需多言,如果没有恩人当年冒死相救,我等早成大司马刀下之鬼了,岂能苟活今日?快去!"

孔子卖了坐骑,为救命恩人石头举行了隆重的葬礼。

孔子卖马报恩,给世人做出了表率,被人尊敬。孔子践行的"知恩图报",也成了中华民族的传统美德。

孟子提倡的诚信思想

自先秦社会以来,诚信就一直备受人们的关注并为人们所大力提倡。继孔子之后,又出现了一位大力提倡诚信的一代思想家孟子。

孟子的母亲仉氏,历来被人们称为"启蒙教育的楷模"。孟母也确实是一位教子有方的贤母,她对孟子性格的培养和思想的形成产生了重要影响。2000多年来,在民间流传下来不少脍炙人口的孟母教子的故事。

孟子小时候,有一天,他的邻居家磨刀霍霍,正准备杀一头大肥猪。孟子当时正在外面玩耍,他见了非常好奇,就跑回家去问母亲:"母亲,邻居磨刀干什么?"

孟母告诉他说:"那是邻居家准备杀猪。"

孟子接着又问:"他们杀猪干什么呀?"

孟母笑了笑随口说道:"他们杀猪给你吃呀!"

孟子一听,十分高兴,就老老实实地待在家里等待着吃猪肉。

孟母说完这句话立刻就后悔了。心想：人家邻居本来并不是为了自己的孩子杀的猪，我为什么要欺骗孩子呢？我这样说不是在教他撒谎吗？

为了弥补自己的过失，更为了不失信于儿子，尽管家中十分困难，孟母还是拿钱到东边邻居家买了一块猪肉，"买东家豚肉以食之"，让儿子吃了个痛快。

诚实是培养健康人生的基础。大而言之，不诚实的品格会直接或间接地有害于国家民族；小而言之，说谎足以使孩子的人格败坏。孟母在孟子刚刚懂事时就不欺骗孩子，原因就是不让孩子学会说谎。

孟子吃完了猪肉，时间不长就知道了这件事，心里很受感动。他想，我一定要像母亲那样，做一个诚实守信的人。

孟子约15岁时，受业于孔子嫡孙子思门人，学习儒家经典，对儒家以礼待人的思想有了自己的认识。他20岁时，有一天他的妻子独自一人在屋里，伸开两腿坐着。孟子进屋看见妻子这个样子，就向母亲说："这个妇人不讲礼仪，请准许我把她休了。"

孟母说："什么原因？"

孟子说："她伸开两腿坐着。"

孟母问:"你怎么知道的?"

孟子说:"我亲眼看见的。"

孟母说:"这是你不讲礼仪,不是你媳妇不讲礼仪。《礼经》上不是说,将要进门的时候,必须先问屋中有谁在里面;将要进入厅堂的时候,必须先高声传扬,让里面的人知道;将进屋的时候,必须眼往下看。《礼经》这样讲,为的是不让人没准备,无所防备。现在你到妻子闲居休息的地方去,进屋没有声响,人家不知道,因而让你看到了她两腿伸开坐着的样子。这是你不讲礼仪,而不是你妻子不讲礼仪。"

孟子听了母亲的教导后,诚实地认识到自己错了,再也不敢说休妻的事了。而通过这件事,孟子对儒家之"礼"也有了更深的认识。

孟子在子思门下学成以后,以士的身份游说诸侯,想要推行自己的政治主张,到过梁国、齐国、宋国、滕国和鲁国等。随着阅历的增加,孟子终于成为当时著名儒学大师。

孟子提倡诚信,认为"诚信"不仅是对人,也是对己。孟子把"有信"上升到"五伦"之一的高度。在"五伦"中,人与人之间的诚信首先必须在知无不言、言无不尽，要真心提出自己的看法。

孟子这样说，也是这样做的。孟子在出游齐国时，曾经在齐国的稷下学宫做客卿，并通过自己的影响力，为齐国提出了很多建议。

稷下学宫位于齐国都城临淄西门，也称"稷门"。据说从齐桓公田午时开始，齐国就在稷门外开设学馆，汇聚天下著名学者于此讲学，故名"稷下学宫"。住馆的学者被誉为稷下先生。孟子的客卿要比一般的稷下先生地位高。

孟子在稷下学宫做客卿时，齐宣王对讲学高度重视，各门派的游学者迅速增至数千人。儒、道、墨、法、阴阳、纵横等各家学派，群贤荟萃，往来稷下者络绎不绝。

由于稷下先生的学术水平、名望资历不尽相同，因此，朝廷将稷下先生分为若干等级，按照级别确定爵禄。譬如号称"稷下之冠"的淳于髡，便赐予上卿之位；孟子、荀子等人则列为客卿。

孟子做了齐宣王的客卿，众人都为他庆贺。孟子也跃跃欲试，想为齐国尽一把力。但他知道齐宣王对人对事有些时候缺少雅量，诚实度不够，就想找机会谏言。

这一天，孟子穿戴整齐，迈着儒雅的步子来见齐宣王。守卫的士兵看见孟子，就赶紧行礼相问，然后向里面通报，不一会就出来请孟子晋见。

齐宣王端坐在富丽堂皇的朝廷中央上方，慈眉善目但又不缺少威严。两边或坐着或站着许多文臣武将，好不神气。

孟子与齐宣王寒暄过后，孟子面带微笑地对齐宣王说："大王，假如您手底下有个人把自己的妻子、子女托付给他的朋友，而自己却到楚国去玩，回来后发现他的妻子、子女又饥饿又寒冷，对这样的朋友您会怎么样处理？"

齐宣王听了，不假思索地立马回答："这样的人，应该跟他绝交！"

孟子听后点点头，接着继续微笑地问："假如大王手底下有一个官员，不能管好他的下属，怎么办？"

齐宣王快速地回答："罢免他的官位，因为他实在是个无能之辈！"

孟子听了又频频点头。此刻，他眼光里露出一丝不可察觉的神秘微笑。他接着说："假如有个人不能

治理好国家，那么怎么对待这个人呢？"

孟子的话刚一出口，齐宣王脸上瞬间显出尴尬。心想：原来这个书生今天是来指责我的，因为怕得罪我，才欲擒故纵。

齐宣王毕竟是个老练的聪明人，为了摆脱尴尬，他瞬间又装作没听见孟子的话的样子，转过头和边上的大臣说着话。

孟子见状，知道齐宣王缺少雅量，暂时听不进他的劝说，决定再找机会来说这事。

在孟子看来，人生下来就具有4种善的萌芽，他称之为"四端"，即"恻隐之心"、"羞恶之心"、"辞让之心"、"是非之心"。这是孟子"性善论"的依据，也是他的其他学说的基础所在。他将诚信扩展到政治领域，提出管理者只有取信于民，才能保民安民。因此，在孟子心里，他是相信齐宣王也有"是非之心"，总能明白刚才说的话意思的。

自古以来，大气的、能够正视自己的不足的君王少之又少；同样，能够像孟子那样坦诚地对君王直言进谏的书生也是少之又少。

这一天，孟子又来见齐宣王，想针对齐宣王轻信奸佞谗言，以及做事没有坚持性等不足，真诚地表达自己的看法。

孟子说："大王也太不明智了，天下虽有生命力很强的生物，可是你把它在阳光下晒了一天，再放在阴寒的地方冻了它10天，它哪里还活得成呢！我跟您在一起的时间是很短的，您即使有了一点从善的决心，可是我一离开您，那些奸臣又来哄骗您，您又会听信他们的话，叫我怎么办呢？"

齐宣王这次没有马上提出反对意见，只是静静地听着。

接着，孟子又打了一个生动的比喻："下棋看起来是件小事，但假使您不专心致志，也同样学不好，下不赢。弈秋是全国最善下棋的能手，他教了两个徒弟，其中一个专心致志，处处听弈秋的指导；另一个却老是想着有大天鹅飞来，准备用箭射下来。两个徒弟是一个师父教的，一起学的，然而后者的成绩却差得很远。这不是他们的智力有什么区别，而是专心的程度不一样啊！"

齐宣王听了孟子的话，低头不语，他心里很清楚自己在这些方面的不足。从此以后，齐宣王变得不再

像以前那样了。

孟子将诚信扩展到政治领域,强调执政者要有同情心。他说:"同情心就是施行仁的开始;羞耻心就是施行义的开始;辞让心就是施行礼的开始;是非心就是智的开始。仁、义、礼、智是初始,人有这4种开端,就像人有四肢一样。"可见,仁、义、礼、智是人本性所固有的善性。

孟子生活在战火纷飞的战国中期,战争使人们丧失理性,变得野蛮,"大道废弛",失掉了上古时期人际交往的单纯与质朴。孟子针对当时社会诚信缺失的状况,不仅大力呼吁人们讲诚信,而且对诚信思想提出了独到的见解,丰富了我国古代传统诚信道德的内容。他的诚信思想对后世直至当代社会都产生了深刻的影响。

荀子践行诚信思想

荀子生活在战国后期的赵国,他从小就非常聪明,10岁已有神童美誉,学问很好。长大后游学于齐国，因学问博大，"最为老师"，曾 3 次担任当时齐国稷下学宫的祭酒，可谓"学富五车，名满天下"。

约公元前 264 年，荀子应秦昭王之聘，西游入秦国。当时的秦国重在武力扩张，荀子批评秦国只注重耕战，没有大儒来宣讲诚信。秦昭王却不以为然，哈哈大笑。

公元前 255 年，领兵援救赵国的楚国令尹春申君黄歇，得胜之后专程请荀子去楚国。到了楚国，被春申君聘为兰陵令。不久，春申君因受自己的门客蛊惑，对荀子不够友好。于是，荀子就离开楚国回到了自己的国家。

赵孝成王听说大儒荀子回来了，亲自用自己豪华的御车去旅店接荀子。荀子觉得这有些不恭，连连摆手。

赵孝成王真诚地说："寡人仅是一国之君，你乃列国儒学之尊，理当如此，请上车吧！"

赵孝成王将荀子接入王宫，两人并坐于丹墀。大臣在下面陪坐。宫人献上茶果，赵孝成王恭敬地问过寒暖之后，说："荀老夫子，昔日，因寡人错听误国之言，用将不当，致赵军损失严重，元气大伤，国力一时难以恢复，寡人每日甚是忧虑。荀老夫子到来，乃是喜从天降。寡人欲求教荀老夫子用兵之道，请问老夫子，用兵之要术是什么呢？"

荀子一直把诚信当作"化万物"、"化万民"的"政事之本"。他认为，当政者带头讲诚信，既是实现社会诚信的关键和前提，也是称霸天下的重要条件，所谓"诚信生神"、"信立而霸"就是这个道理。

因此，荀子答道："用兵攻战之本，在于使人民诚心诚意，心意一致。如果弓与箭不协调，神射手后羿也难射中微小的目标。如果6匹马配合不好，就是再好的驭手也驾不好车。如果百姓与朝廷离心离德，再好的将军也一定不能打胜仗。所以，以诚信和仁义争取百姓者，才是善于用兵者。"

赵孝成王在座的大臣中，有个叫临武君带兵之人，他说："荀老夫子，此话讲得不当吧！兵家所重视的是形势和条件，所实行的是变化和诡诈，善用兵者,神出鬼没,无诚无信,莫知从何而出。孙武、吴起就以此无敌于天下。"

荀子说:"不然。我所说的是诚信和仁义,是欲称王天下者的意志。你所重视的是权谋势利,欺诈诡变,这是诸侯国才使用的方法。诚信和仁义之兵不可以欺诈,能受欺诈者只是那些君臣上下离心离德之兵。诚信和仁义之兵上下一心,三军同力,臣民对待君主,下级对待上级,如同子女对待父亲,弟弟对待兄长一样真诚。"

赵孝成王与临武君对于荀子的论述甚为钦佩,两人同时合掌称好。赵孝成王说道:"请问荀老夫子,诚信和仁义之兵该行何道呢?"

荀子说:"一切在于大王,将帅次之。君王贤者其国治,君王不贤者其国乱;注重信义者其国治,轻贱信义者其国乱。请让我说一说王者和诸侯强弱存亡与安危的道理。"

接着,荀子从历史上寻找事实根据来论证"信"的作用。齐桓公、晋文公、楚庄公、吴王阖闾、越王勾践,都是地处偏僻的国家,威力却可以震动天下,强盛可以危及中原,这是什么原因呢?荀子明确回答

道，这没有别的原因，就是能大体上讲信用。这就是所谓的诚信树立就能称霸天下。

荀子回头对赵孝成王说："信义，是治国的最高准则，强国之本，立威之道，建功立业之纲。在一个国家中，诚信是对一定的社会行为规范和法律规章制度的诚信遵守，既然定出了一定的社会行为规范和法律规章制度，以及盟约，就要遵守它，即使后来觉察到这些制度有不足之处，暂时也要遵守，而不能'朝令夕改'，以自己的意愿首先不遵守。否则，人人都以自己的意愿为标准而破坏这些制度，那么整个管理体系就会混乱，从而也会导致整个社会的混乱。"

接着，荀子又列举殷纣王失信于民，暴政治国，结果周军一到，令不能行下，民不听调遣。这不是殷纣王令不严，刑不繁，而是殷纣王没有遵行信义。

赵孝成王握住荀子的手："寡人久闻荀老夫子大名，今日聆听教诲，方知老夫子果是难得的治世贤才！"

就在荀子在赵国受到礼遇时，春申君觉得失去荀子这样的天下大贤是一种损失，于是派人到赵国请荀子，结果却请不动荀子。最后，春申君只好亲自驾着马车，悄悄来到赵国，请荀子到楚国去，继续做兰陵令。并信誓旦旦地说，再也不会发生以前那样的事情了。

荀子看到春申君和楚王有一统天下的态势，就随他而去。刚到兰陵，荀子就看到十字街头的人很多，预感到前面似乎发生了什么事。他让车马远远地停下来，自己向人群走过去。原来，县丞今日监斩3个囚犯，百姓们拥挤观看。

荀子从人群中向前挤。武士厉声喝道："滚开！再往前挤，用皮鞭打你！"

荀子的手下上前握住武士的手："你想干什么？他可是荀县令！"

武士惊呆了："什么？"

荀子被百姓和武士围在中间，一老妪哭叫着："荀老爷，你可回来了！冤枉啊，我儿子冤枉啊！"另一中年女子也喊叫着："荀老爷，你回来了，快救救我的丈夫吧！"

这时，县丞走过来，指着一个满脸横肉的中年汉子说："这第一个人，是个杀人凶犯，他为霸占朋友

妻室，竟把朋友用毒药害死。"

荀子说："嗯，杀人者不惩，伤人者不刑，是谓惠暴而宽贼。当斩。"

县丞指着一个青年说："这第二个人是一农夫，他竟然抗税不交。"

荀子问："第三人呢？"

县丞说："第三人乃是一贩马的齐国人，他竟敢偷闯关卡。"

荀子走到青年农夫与中年商贩的面前，注目良久，开口问青年农夫："你为何抗税不交呢？"

青年农夫说："禀老爷，赋税太重，交了赋税，我一家人就没有吃的啦！"

荀况问商贩："你为何偷闯关卡？"

商贩说："老爷，我的马在关卡前已经被困了3个月，马饿瘦了，病死了不少，再也耽误不得了，马是我一家的性命啊！"

荀况稍一思索，对县丞说："把这两个人放掉。"

县丞说："什么？"

荀子又说道："把他们两人放掉！"

县丞说："大人，我是按照大王的旨意行事的。"

荀子说:"在这里我是县令,放掉!"他的话不容置疑。

县丞无奈,只好挥手让武士将青年农夫与中年贩马人放掉。

老妇赶忙去搀自己的儿子,中年女子去扶自己的丈夫。他们一齐来到荀子面前双膝跪地叩头,连连谢恩。

荀子扶起他们,然后走向了栽有木桩的刑场,站在一个高处,向众人说:"兰陵的百姓听着,我荀况又重归兰陵来了!愿意衣食富足,乃人之本性。缺吃少穿乃是一种祸患。作为一县之长,我愿兰陵百姓人人富足,家家平安。自今日起,兰陵之农夫开荒种田,仅收什一之税,多者不取。集市关卡,畅通有无,赋税一概免征。我一定说到做到,绝不食言!"众百姓闻声欢腾。

荀子接着说:"我兰陵百姓,必须隆礼法贵信义,遵守法度。信义乃立国之本,法律为治国之端,法令行,则风俗美。"荀子指着杀人犯说:"似这等抢夺杀人的奸人,必杀。"众人又是一阵欢腾。

荀子做兰陵令前后18年,他以信取民,隆法尊

贤,励精图治,清正廉洁,为当时兰陵经济的发展和汉时的繁盛,打下了坚实的基础,自此以后,兰陵成为历代郡县治所、经济文化中心。

约公元前230年,荀子病逝后葬于兰陵。荀子墓位于现在的山东临沂苍山县兰陵镇东南处,墓前有清代立的石碑,上刻"楚兰陵令荀卿之墓"。

司马迁不负父命

司马迁还只有十岁的时候,就跟随父亲,从青山绿水的家乡走出,来到长安,向伏生、孔安国等大学者学习。他长大了,可以自己一个人外出了,他就选择走遍大江南北,追寻历史遗迹,凭吊古圣先贤。

后来,他父亲病了,临死前拉着他的手哭着说:"你要记住,我一生最大的遗憾,就是没能写一部可靠的历史。"司马迁哭着回答:"我一定会完成您的心愿!"

于是，他接替了父亲的职位，进入政府，担任"太史令"一职，他意气风发，梦想着完成父亲遗愿的那一天。

可是不久，一个叫李陵的将领，在和匈奴军队对阵时，突然投降了。皇帝要杀他全家，唯独司马迁反对，皇帝一怒将司马迁投入监狱并判处死刑。

这场自天而降的横祸使司马迁悲愤至极，他在牢中凝视着窗外的月光，回想着父亲的遗言："写一部可靠的历史。"他口中喃喃地说："父亲，我不会忘记您的遗训，我一定要活下来！"

按照汉代的法律，死刑犯有两个替代办法：一个是拿钱免死，但司马迁拿不出那么多钱。还有一个办法是接受宫刑，这是对人格的极大侮辱。为了继承父亲的大业，司马迁接受了宫刑。

被释放后，司马迁专心著述，每天写到深夜才停笔，最后司马迁终于完成了共130卷、53万字的不朽巨著《史记》。

论语

三人行必有我师

子曰:"我非生而知之者,好古,敏以求之者也。"

子不语怪、力、乱、神。

子曰:"三人行,必有我师焉。择其善者而从之,其不善者而改之。"子曰:"天生德于予,桓魋①其如予何?"

子曰:"二三子②以我为隐乎?吾无隐乎尔!吾无行而不与二三子者,是丘也。"子以四教:文、行、忠、信③。

【注释】

①桓魋:魋,音 tuí,宋国司马向魋,宋桓公后

代，故又称桓魋。

②二三子：这里指孔子的学生们。

③文、行、忠、信：文，文献、古籍等。行，指躬行，也指社会实践方面的内容。忠，忠诚，对人尽心竭力的意思。信，守信。诚实的意思。

【解释】

孔子说："我不是生来就有知识的人，而是爱好古代的东西，勤奋敏捷地去求得知识的人。"

孔子不谈论怪异、暴力、变乱、鬼神。

孔子说："几个人一起走路，其中必定有人可以做我的老师。我学习他好的品德，看到他不好的地方就作为借鉴，改掉自己的缺点。"

孔子说："上天把德赋予了我，桓魋能把我怎么样？"

孔子说："学生们，你们以为我对你们有什么隐瞒的吗？我是丝毫没有隐瞒的。我没有什么事不是和你们一起干的，这就是我孔丘的为人。"

孔子以文、行、忠、信四项内容教授给学生。

【故事】

徐光启诚恳拜师

通过宽厚的道德人格来打动别人，达到人我沟通的目的，一直是笃实宽厚美德的一个重要方面。明代末年的徐光启，以自己的人格魅力打动人心，终于让耶稣教会会长利玛窦深受感动。他们的合作，极大地推动了当时的西学东渐，也显示出儒家精神的救世力量。

徐光启，明代末期数学家、农学家、政治家和军事家。是中西文化交流的先驱之一，一生在学术上勤勤恳恳，孜孜以求，尤其在天文、数学和农学上，更是成果卓著。

1596年夏天,徐光启任广西浔州知府赵凤宇的家庭教师,随赵家一起来到浔州。在那里,他结识了意大利神父郭静居,他第一次看到了一张《万国全图》。郭静居指着地图给他看中国在哪里,欧罗巴洲在哪里,意大利在哪里。

徐光启看后十分惊异,有生以来第一次知道,除了中国之外还有那么广阔的地域。这使他非常倾慕,当他知道这图是耶稣教会会长利玛窦所绘时,便暗暗下了决心,一定要找到利玛窦拜他为师,跟他学习。

在郭静居的指点下,徐光启几经周折,多次追踪,终于见到了利玛窦。徐光启和利玛窦一见如故,从天文、地理谈到数学,非常投机。利玛窦用欧几里得的《原本》举例,对比中西方教学特点的一番谈论,使徐光启一下子便迷上了《原本》。

徐光启恳请说:"先生,可以把你的《原本》一书借给我看看吗?"

利玛窦笑了,他摊开两手说:"可惜还没有翻译成中文,先生读不懂。"

一种对科学强烈追求的欲望,使徐光启下了一个更大的决心,一定将《原本》译成中文。徐光启为了

学习西方科学,为拜利玛窦为师,1603年,他全家加入了天主教。第二年他又考中了进士。

在徐光启再三的请求下,利玛窦终于开始向他讲授《原本》和绘制地图的方法。

利玛窦规定每两天向徐光启讲授一次。无论是大雪纷飞,还是黄沙弥漫,徐光启总是按时到达,恭恭敬敬地听利玛窦的讲述。经过一段时间的学习,徐光启终于弄通了欧几里得《原本》。他发现该书着重阐述数学的基础理论,有严密的逻辑推理,确实能弥补我国古代数学的不足。

徐光启建议利玛窦说:"这段时间先生不辞辛苦,精心讲授,晚生已基本掌握了《原本》的要旨。请先生继续赐教,与晚生一起把该书译成中文,名字可否定为《几何原本》?"

在徐光启的精神的鼓舞下,利玛窦终于答应试一试。《几何原本》的翻译工作终于开始了。整个冬天他俩都是在灯烛下度过的。

徐光启白天要去办公,只有晚上才能与老师一起译书。一开始就遇到了很多困难,书中专用名词在汉语中没有,只能由两人琢磨决定,经过多次推敲,反

复修改,才定下来。

他们常常为了一个名词,想几个晚上,改了10多次还不满意。有时一个章节译完了,但因文字艰涩难懂,就推翻了再译,直至文字准确,通俗易懂时为止。

时光荏苒,他们俩人从大雪纷飞的季节译到了桃李花开时节,译完了前三卷。他们没有时间去游春赏花,继续奋战,终于在5月前译完了前六卷。

初稿译完后,徐光启又反复修订了两遍,最后终于定稿了。1607年,《几何原本》印出来了。《几何原本》的装帧十分精细,第一页上都工工整整地印着《几何原本》4个大字,还注明利玛窦口译,徐光启笔录。

徐光启和利玛窦看着他们共同心血的结晶,都流下了激动的泪水,表达了真诚的师生之情谊。

利玛窦神父去世后,他的墓地改建工程于1611年夏天竣工,11月举行葬礼,徐公光启先生率领北京的教友们参加,并主持仪式。

主持丧礼的徐光启,更是悲痛万分。他没有顾及自己高官显宦的地位和尊容,任凭悲伤的泪水扑簌簌

地落下。对利玛窦离世的忧戚和不舍，使他禁不住伸出双手，和落棺的随从们一起拿起绳索，帮助他恩师兼益友利公的棺椁葬入地下，让他安静地长眠于此。又亲自拿起土铲，为利公覆上黄土。

徐光启亲手埋葬了恩师利玛窦之后，并未按惯例把下棺的绳索一起掩埋掉，而是保留下来收藏，作为对恩师益友利公玛窦神父的敬意和纪念。

唐寅求教绘丹青

谦虚谨慎，礼求教诲的精神，也是笃实宽厚美德的重要内涵。明代文人唐寅是这方面的一个典型。

唐寅，明代著名画家、文学家。自幼喜欢画画，父亲在他13岁时，就让他在店中帮忙干活，不再上学，画出得意的画就贴在店墙上。

据说唐寅绘画的启蒙老师是才子祝允明给介绍的。有一次，才子祝枝山来到酒店喝酒，很喜欢墙上的画。就问老板画是由谁画的。唐寅的父亲回答说是儿子画的。祝枝山很惊讶地要求见见孩子。

祝枝山在得知了唐寅的家境贫寒之后,决定帮助他找一位丹青妙手来教他画画。不久,祝枝山带着画师沈石田来到了酒店。沈石田也很欣赏唐寅的画,但想考考他才气如何,就为他出了一个字谜:"去掉左边是树,去掉右边是树,去掉中间是树,去掉两边是树,这是什么字?"

唐寅略一思考就说出了谜底是个"彬"字。沈石田很高兴,就收下了唐寅。

唐寅聪明伶俐,很快掌握了一定的绘画技巧。这个时候,沈石田已经倾囊相授,觉得再教下去,可能会误人子弟,于是就离开了唐家。

唐寅的画画得不错,富豪人家常请他作画,唐寅也渐渐地滋生了自满情绪。有时端详着自己的画,心里说:"蛮不错嘛,差不多了。"

唐寅的妈妈看出了他的想法,问他说:"你怎么

不画了?"

唐寅说:"我已经画得挺好了。"

妈妈又问:"你看咱们这儿哪座山最高?"

唐寅不假思索地说:"南山最高!"

妈妈说:"你登上南山去向远望望,比它高的山还很多呢!"

唐寅听了妈妈的话,明白了她的用意,便带上行李和画笔,到外村拜师去了。

唐寅拜周臣为师。周臣在当时极有名望,是书画界的高手,能画山水画,也是花鸟画的丹青妙手。唐寅到了周先生门下,看了他的画真是耳目一新,长了不少的见识。唐寅想,我原以为是绘画第一了,却不过是井底之蛙,以为天空就是那么一小块。

周臣很喜欢唐寅,认认真真地传授技艺,哪里要浓墨重彩,哪里要轻描淡写他都一一指教。时间过得真快,一晃一年过去了。

有一天,唐寅偷偷地把自己的画和先生的画比较一番,觉得自己和先生差不多了。再说,自己离家一年多了,很想回去看看妈妈。

唐寅的一举一动,先生看在眼里,记在心上,他和妻子研究一番，决定在后花园的一个小屋里为唐寅饯行，这间小屋平时总锁着，唐寅从未进去过。

唐寅被先生请进来，一边吃着饭菜，一边细细打量着室内陈设。他突然发现，这屋子好奇怪，四面墙上都有门，但没有窗子。顺着门往外望去，只见后花园里好一派春景，处处可见柳绿花红，鸟巢蝶影，顽石跌宕，溪水穿行。看到如此美妙仙境，唐寅想，自己来了一年还没到此一游呢！

这时，先生说："唐寅，你想家了吧？"

唐寅点了点头，眼圈都红了。

先生又说："你的画本来画得不错，又在我这儿学了一年，可以出师回乡了。你看怎么样？"

唐寅已经喝得半醉了，说："谢谢先生一年来的教导，我不会忘了老师的。"

先生又指了指门外的景色，说："我这个园子，一向对外人保密的，今天对你可以破例。你到后花园去愉愉快快地玩吧！"

这时，唐寅已经喝得醉醺醺的，走过去就想一步跨出门槛，可是，不料竟被撞了回来，头上还鼓起了大包。这是怎么回事儿？这扇门明明开着，怎么会是

死的?他再跨另一扇门,照例被撞回来。3个门都出不去,他的头上早肿起了大包。

先生和师娘笑得前仰后合。师娘说:"唐寅,你喝多了!"请仔细看看那是门吗?"

唐寅这才细看,原来,三面墙上的门和门口的景色都是老师画上去的。

唐寅头上碰了这三个大包,心里立时清醒,顿有所悟,明白了先生的用意,马上跪倒在地,连声说:"弟子错了,弟子和老师相差甚远就骄傲起来,请先生原谅。我不回家了,请先生再赐教3年吧!"

师娘忙把他扶起来,说:"知道自己错了就好,以后虚心学习就行了。你妈妈看你来了,正在前厅等候。"

打这儿以后,唐寅黎明即起,画到深夜,毕恭毕敬,勤勤恳恳地跟先生学习。

3年转眼过去了,冬日将尽。唐寅为感谢先生的教育,亲自动手烧菜,宴请师傅。当他把烧好的鱼端上桌时,一只大狸猫从门外呼呼地跑进来,跳上桌子就想吃。唐寅急了"啪"地就是一掌,那大狸猫"呼"地一声就往窗上跳。

结果，大狸猫跳了一个窗户又一个窗户，就是跳不出去，最后"呜呜"地叫着从门口逃出去了。原来，那窗户是唐寅画在墙上的。

先生见了这情景，哈哈大笑起来："唐寅呀，你已经4年没有见到你娘的面了，要过年了，快回去吧！"

由于唐寅虚心求教，终于成为了一代大家。他才气横溢，与祝允明、文徵明、徐祯卿并称为"江南四大才子"，也称"吴门四才子"；画名更著，与沈周、文徵明、仇英并称"吴门四家"，又称为"明四家"。

唐寅的一生中为后世人贡献了巨大文化财富，他的画作题材广泛，挥笔自然，风格别具，雅俗共赏，深受各个阶层志士仁人乃至庶民百姓的赏析与青睐。

张曜虚心拜妻为师

清代咸丰年间有个武官叫张曜，因征战有功，被提拔为河南布政使。他自幼失学，没有文化，常受朝

 论 语

臣歧视,御使刘毓楠说他"目不识丁",因此皇上改任他为总兵。

张曜从此立志要好好读书。张曜想到自己的妻子很有文化,回到家要求妻子教他念书。

妻子说:"要教是可以的,不过我要有一个条件,那就是要行拜师之礼,恭恭敬敬地学。"张曜满口应承,马上穿起朝服,让妻子坐在孔子牌位前,对她行三拜九叩之礼。

从此以后,凡公余时间,都由妻子教他读经史。每当妻子一摆老师的架子,他就躬身肃立听训,不敢稍有不敬。与此同时,他还请人刻了一方"目不识丁"的印章,经常佩在身上自警。

几年之后,张曜终于成为一个很有学问的人。后来,他在山东做巡抚时,又有人参他"目不识丁"。他就上书请皇上面试,面试成绩使皇上和许多大臣都大为惊奇。

张曜在山东任上时,筑河堤,修道路,开厂局,做了不少利国利民的好事。因为他勤奋好学,死后皇帝谥他为"勤果"。

杰出谋士范文程

范文程出身名门,自小喜欢读书,才思敏捷,擅长谋略。努尔哈赤,他自愿投效,但未受重用。皇太极继位后,发现他的才智并委以重任,使之成为其主要谋士之一。从此,范文程开始了他辅佐清朝4代皇帝的谋略生涯。

1629年冬,皇太极亲率大军,由龙井关、洪山口越过长城,直通北京,遭到明宁远巡抚袁崇焕、锦州总兵祖大寿的坚决抵抗,双方激战至北京城郊,相持不下。清军久攻不下,伤亡越来越多,粮秣补给日益困难,一筹莫展。

此刻,范文程向皇太极献反间计。当

时后金军俘获两个明朝太监,皇太极先密令部将故意议论与袁崇焕有密约,使被关押的太监得以偷听;然后又令后金军放走一个太监,使其返回明廷报告崇祯皇帝。

一向猜忌而多疑的崇祯帝果真误信了袁崇焕与清军有密约,随将袁崇焕从前方召回并将他逮捕下狱,不久即处死。

祖大寿闻之大为惊骇,顾不上当面清军,慌忙带自己手下兵将逃归锦州。

就这样,范文程的一条反间计,不仅为皇太极除掉了一个战场不能战胜的宿敌,反而使明军自己让开了一条通道,使清军得以从容退出关外。由此,明清的军事对抗,骤间产生了不利于明朝的转化。

1632年,皇太极率满洲八旗和蒙古各部兵马穿越兴安岭,远征察哈尔。不料,林丹汗得知情报后,采取坚壁清野,驱富民及牲畜,渡过黄河,丢下一座空城。

待皇太极率数万大军疲惫不堪赶到归化,即今内蒙古呼和浩特时,已是人走城空,无吃无喝,一片狼烟。早已人疲马困、粮秣告罄的清军每日都有士卒饥渴而死。数万人马只得靠猎取黄羊为食。

在这种情况下，清军若从原路返回，因沿途地薄民穷，将士无所得，部队无所食，千里兴师，徒劳而返，必将名利俱失。但是，若兵马深入明境，抢劫一番，却又苦于师出无名，不敢贸然行事，真是计无所出。

于是皇太极让范文程等献计。

范文程认为，唯有深入，方为上策，但必须以"议和"来当幌子。他进而解释道："可先写信与明朝近边地方官员，要求议和，并限住日期，立候结局，谅南朝皇帝，人多嘴多，近边官员也不敢担当，届时便可借为口实，为所欲为。"

皇太极如茅塞顿开，立即采纳了他的计谋。一方面致书明大同、阳和、宣府等地官员，要求议和，并以10日为限；另一方面挥师直奔宣府、张家口，沿路纵兵掠民，满载而返。

结果，正如范文程所预料的那样，直至清军劫掠而去，"议和"的协定尚未及回复上报。

1642年，明朝大将洪承畴在松山战败被俘。皇太极爱才，欲招降为其效力。派诸多人前去劝降，但洪

承畴誓死不降，骂不绝口，令众人无可奈何。

于是，皇太极又派范文程前去试试。

范文程见到洪承畴，一句不提投降之事，只与洪承畴天南海北、谈古道今地闲聊。其间，房梁上有积尘溅落在洪承畴的衣襟上，洪承畴好几次用手轻轻弹掉。

这个下意识的小动作，一般人谁也不会留意的，但范文程敏锐地观察到后，露出了宽慰的自信。他向皇太极献计："洪承畴根本不想死，他对身上穿的破衣服都能爱惜，何况自己的身家性命！"他鼓励皇太极不要灰心，只要耐心地等待和劝说，洪承畴定会被说降的。

果不其然，经过范文程等人耐心而巧妙的游说，一向信誓旦旦，要以死报国的洪承畴终于投降了。

1644年，清王朝拟再度伐明，但对这次出征要达到什么战略目标并不明确，对是否入关也犹豫不决。

正在举棋不定时，范文程提出："明朝覆亡，已是无可挽回的趋势，秦朝的灭亡一样。现在机会难得，稍纵即逝，要当机立断，果敢地挥军入关，挺进中原抢夺明朝天下。"

以往清军也曾数度入关，但主要是为了掠夺。上至将帅，下至兵卒，烧杀掳掠，无所不为。但对此次入关，范文程特别强调，要一改昔日掳杀传统，必须申严纪律、秋毫勿犯，以使中原地区百姓，向风归顺。

同年4月底，清军进军北京。当得知崇祯皇帝已缢的消息后，为了迅速稳定政局，安抚民心，范文程建议采取以下政举和措施：

> 宣布为崇祯帝发丧3日；起草檄文，自称为"义师"，打出为大明臣民"复君父仇"的旗号，把矛头转向李自成等农民军，这不仅为清军入京找到了堂皇的借口，又最大限度地减少大明军民的抵抗；各衙门官员俱照录用，在京内阁、六部、都察院等官员同满官一体办事等。

由于范文程采取了恰当的对策，为清政权在北京的建立奠定了基础。同时，也越发显出范文程在政治上和军事上超乎群雄的显赫地位和作用。

俗话说"树大招风"。随着范文程地位的上升,声望过隆,引起了清统治集团内部一些贵族官员的忌妒和不满。一向好独秉大权的多尔衮也在许多政策及用人等问题上与范文程发生分歧。

1645年8月,多尔衮以国家事务各有专属,范文程素有疾病,不宜过劳等借口,开始限制和削弱他的权力。随后,又因甘肃巡抚黄图安呈请终养问题,范文程被多尔衮以擅自辅政为由,下法司勘问。

虽然这次没有罢他的官,但范文程已深知自己的处境和今后该怎样处理与多尔衮的微妙关系了。他处处小心从事,既不使自己冒尖,更不干出风头、授人以柄之事,免遭不测。

1648年3月,独断专行的多尔衮由于贵族内部权力争斗的需要,并毙了肃清王豪格。

在此前后,多尔衮曾多次命其亲信大学士刚林、祁充格同范文程一起删改太祖实录。范文程深知此事关系重大,处理不好将殃及安危,但他又不能违命不从。于是便托词养病,闭门不出,采取软拖的办法,以免遗患未来。

1650年,多尔衮病死。翌年初,多尔衮被指控生前有谋逆行为，依附多尔衮的刚林、祁充格等人，被控犯有"妄改太祖实录"之罪而被杀。范文程虽也参与此事，但因既非多尔衮一党，又未留下把柄，仅被处以革职留任，不久又官复原职。

就这样，范文程不仅机智地避开了一场政治争斗，而且又很快地得到新主福临帝的信任和重用。至1652年，范文程官升至议政大臣，这是此前所有汉人从未得到过的宠遇。

1653年5月，福临为治理好国家，整顿朝纲，特请范文程研究治国安邦之道。范文程坦诚地说："大凡行善合天者，必君明臣良，交相释回，始克荷天休而济国事。若人主愎谏自用，谁复进言？"

范文程的这番话，实际上是要福临以过去多尔衮独专朝政而引发内部派斗为教训，要善纳群言，能听进不同意见，才能使君主的决策能顺乎民心民意，合乎潮流。

在此之后，范文程又提出了兴屯田，招抚流民；举人才，不论满汉新旧，不拘资格大小，不避亲疏恩怨等重要建议，多被采纳并实行。不仅如此，他还对朝中那些敢于直言不苟、秉公不阿的臣僚给以爱护。

1654年8月,范文程进升少保兼太子太保。但他此时已年老体衰,力不从心,多次上书请求修养。福临不愿失去这样一位杰出谋士和得力助手,命他暂不到任,待病稍愈,立即前来就职。此外,福临还特别加封范文程太傅兼太子太师。

然而,明智而又深谋远虑的范文程,就此谢政隐退,安度晚年。1657年,福临又给范文程加官一级,并将他的画像收藏在皇宫之内。

1666年8月,范文程去世。后来,康熙帝玄烨亲笔书写的祠堂匾额说他有"元辅高风"。

近代第一人臣林则徐

林则徐自幼勤奋好学。他14岁中秀才,19岁中举人,21岁被聘到厦门任海防同知书记,22岁被聘为福建巡抚张师诚的幕僚。林则徐在27时岁考中进士后,从此步入仕途。

林则徐的仕途很顺畅,在鸦片战争之前,先是任翰林院编修,利用这里藏书丰富、人才荟萃的有利条件,刻苦学习,进一步充实自己。后历任两浙盐运使、江苏巡抚、湖广总督等职。在职内,他一心为民,在兴办河工、治理漕运、兴屯垦田等方面都做了大量工作,很受当地人民群众爱戴。

在1837年至1838年间,鸦片就像洪水一样涌进我国。鸦片是一种有强烈麻醉性的毒品,被当时的英国商人输入我国后,既毒害了我国人,又给清朝的财政造成了很大损失。

林则徐深知鸦片的危害,他在任湖广总督期间,查获了近5000支烟枪,当众刀劈火烧,收缴了大量鸦片,仅阳县就缴获鸦片一两万千克。

为了帮助吸食者戒烟,林则徐提出了6条禁止鸦片的办法,如配制断瘾丸,强迫吸食者戒绝,大举搜查烟枪、土膏等,使许多吸毒者戒除了烟瘾。

为了禁烟，林则徐还上书道光皇帝主张禁烟。他在奏书中尖锐指出鸦片的危害，无情地揭露了鸦片受贿集团和吸食者的关系。

道光皇帝看了奏章后，他用笔在上面加了圈。他感到问题的严重：军队是坐天下的命根子，军饷是维持统治的基础。如果基础不牢靠，那是不堪设想的事。为了维持自己的统治，道光皇帝同意了林则徐禁烟的主张。

1838年，道光皇帝下令召见林则徐进京商议禁烟对策。同年11月15日，道光皇帝任命林则徐为钦差大臣，节制广东水师，前往广东查禁鸦片。

林则徐深知这次去广州是冒着很大的风险的，但他向自己的师友表示，自己的"祸福死生，早已置之度外"，要尽一切努力，除掉鸦片这一毒患。

林则徐来到广州后，看到街头上，一些骨瘦如柴、脸色黑灰的"大烟鬼"，有气无力地缩身在墙角里，不住地打着哈欠，鼻涕眼泪一齐往外流。那些商贩守着店铺货摊，却无人来买。

身穿便服进行私访的林则徐看到这令人心酸的情形，心里非常激动。他觉得要想彻底禁烟，非得先从内部整顿不可，一定查出并严办那些走私鸦片的汉奸和贪官，让老百姓的精神振奋起来。

于是，林则徐用种种办法，终于查清了走私鸦片的情况，严惩了一些违法官兵和烟贩子。然后，他发出了通告。

其主要内容是：

> 一切外国商人必须在3天内缴出全部鸦片，并写出永远不再贩运鸦片的保证书。今后如再查出鸦片，按犯罪论处，货物没收，犯人处死。

林则徐宣布的3天期限已到，但目中无人的外国烟贩却拒绝交出鸦片。这时，林则徐下令传讯英国的大烟贩颠地，开始和外国侵略者展开了直接的斗争。

英驻华商务监督义律从澳门赶到广州，把颠地藏到商馆保护起来。林则徐闻讯后，立即命令中国军队包围了英国商馆，并下令暂停中英贸易，以示警告。

由于林则徐采取了坚决措施，200多名英国商人终于被迫交出了20283箱鸦片。当时，美国在广州的

商人也被迫交出了 1540 箱鸦片烟。

面对这么多鸦片,林则徐决定在虎门海滩当众销毁。他叫士兵在海滩上挖了两个方形的大池子,都有 15 丈见方,叫销烟池。池的前边挖有涵洞,后边连水沟。销烟前,先把水从沟里引进池里,再制成卤水。

1839 年 6 月 3 日,林则徐率领广东各级军政官员,来到虎门海滩边的高岗上,亲自指挥和监督销毁鸦片。这天,天气十分晴朗。成千上万的群众闻讯赶来,海滩周围人山人海。

销烟开始了。

一队队打着赤膊的工人和士兵们把鸦片箱子抬来,用斧头劈开,将鸦片切成碎块投入蓄有卤水的销烟池里。销烟池上搭着木板,站在木板上的工人和士兵,把早已准备好的石灰用铁锨撒入池内,还用力地搅拌着。

不一会儿,池里的卤水和鸦片翻滚起来,烟油上冒,烟渣下沉,一股浓烟冲天而起,直上云霄,霎时间弥漫了海滩的上空。

虎门海滩销烟连续进行了 23 天,到 6 月 25 日止,林则徐将收缴的 230 多万斤鸦片全部销毁。面对这一

场面，海滩周围万众欢腾，无不称快。

虎门销烟是中国禁烟运动的一个伟大胜利，它打击了外国侵略者的气焰，鼓舞了中国人民的斗志，它向全世界表明了中国人民清除烟毒、反抗外国侵略和维护民族尊严的坚强决心。虎门销烟成为中国人民反帝斗争的伟大起点，林则徐受到中国人民的敬仰。

虎门销烟之后，林则徐估计到禁烟可能会引发英军侵略我国，便积极备战，筹备海防，准备迎敌。

他一面请求朝廷加强海防，各海口派精兵严守；一面亲自察看海口，修筑工事，添置武器，整顿水陆官兵。他倡导由民间自行团练，以保住村庄，又招募水勇，协助水师抗敌，号召民众参战。

与此同时，林则徐冷静分析了中英双方情况，提出了坚守炮台，以守为战；信任群众，利用民力的战术。在林则徐的鼓舞下，广东人民个个摩拳擦掌，随时准备战斗。

1840年6月，英军果然开始发起进攻。当时的英国政府派出48艘军舰，由懿律和义律率领海陆军4000人到了广州的海面上，此时又增加到海陆军1万人。但是他们万万没有想到，还没登陆就遭到中国军

民的痛击。

我国军队和渔民趁着潮退，乘着小船搜查到他们，用火箭、火罐和喷筒等武器主动进攻，烧毁了英军不少船只。

从此，英军不敢在海岸附近停留，成天在海面上游弋，得不到淡水，只能用布帆兜接雨水救急，后来连食物来源也发生了困难。

英军在广州附近站不住脚，便沿海岸往北进攻，想寻找一个突破口。

道光皇帝和清朝政府并没有做打仗的准备，当英军攻陷舟山群岛的定海，又北上到达天津的白河口的时候，他们就吓慌了。

本来就反对禁烟的那些大臣趁机向皇帝告林则徐的状，说是他禁烟失当，得罪了洋人，要让英军撤退，一定要惩办林则徐。

道光皇帝以"误国病民，办理不善"的罪名，于1840年10月将林则徐等人革职查办。

1841年3月初，林则徐前往浙江镇海听候谕旨。广州各界人士怀着极其惋惜的心情，纷纷赶来为林则徐送行。林则徐无限伤感地离开了广州。不久，道光

皇帝下旨将林则徐遣戍新疆伊犁。

1841年8月,林则徐挥泪北上伊犁。

1842年12月,林则徐到达伊犁。除夕之夜,人们都在辞旧迎新,而林则徐却心潮起伏,思绪万千,他非常担心祖国的前途。

林则徐在新疆,不忘边防。他行程1.5万多千米,历经8城,倡导开发荒地。兴修水利,实行屯田。

林则徐在新疆推广的坎儿井,当地人称为"林公井"。对开发边疆、改善人民生活发挥了很大作用。

1850年11月,林则徐又被重新起用为钦差大臣,赴广西执行任务。不想在赴广西途中,他病逝于潮州普宁县,终年66岁。

中兴名臣曾国藩

曾国藩出生于清代一个地主家庭,自幼勤奋好学。6岁入塾读书。8岁能读八股文、诵五经。14岁

能读《周礼》《史记》文选,同年参加长沙的童子试,成绩列为优等。此后,中进士、入翰林,又历礼部等各部侍郎。

1852年,曾国藩前往江西,主持乡试。但当他南下时,其母逝世,遂获准还乡,丁忧守制。

1853年初,太平军从广西迅速向湖南进军,直逼南京。咸丰帝命令吏部左侍郎曾国藩"帮同办理本省团练乡民搜查土匪诸事务"。从这个时候开始,曾国藩弃文就武。

曾国藩从办团练开始,创立湘军。他依靠师徒、亲戚、好友等复杂的人际关系,以湖南同乡为主,仿效已经成军的楚勇,建立了一支地方团练,并整合湖南各地武装,称湘军。湘军分陆军、水师两种,士兵则招募以湘乡一带农民为

主，薪俸是一般绿营的3倍左右，全军只服从曾国藩一人。

1853年8月，曾国藩获准在衡州练兵，凡是枪炮刀锚的模式，帆樯桨橹的位置，他无不亲自演试，殚思竭虑。他还派人赴广东购买西洋火炮，筹建水师。

1854年，曾国藩率师出征，不久在靖港水战中被太平军击败，投水自尽，被部下所救。休整后，重整旗鼓，当年攻占岳州、武昌。咸丰帝大喜过望，令曾国藩署理湖北巡抚。然而，朝廷中有人谗言，说曾国藩在湖南一呼百应，恐非国家之福。咸丰帝收回成命，仅赏曾国藩兵部侍郎头衔。

1864年7月，曾国藩、曾国荃兄弟率湘军破太平天国的天京，即今天的南京。朝廷加曾国藩太子太保、一等侯爵，曾国荃赏太子少保、一等伯爵。同年8月，曾国藩为避免朝廷怀疑，上奏请求裁军，朝廷准裁湘军2.5万人。

1865年5月，曾国藩奉命督办直隶、山东、河南三省军务，镇压捻军。他驻营徐州，先后采取重点设防、凭河筑墙、查办民圩的方略，准备在黄河、淮河之间，运河以西，沙河、贾鲁河以东的区域歼灭捻

军。次年冬,清政府改派李鸿章接替,命曾国藩回两江总督本任。

曾国藩编练湘军,镇压了太平天国运动,打击了捻军势力,集中显示了他的军事思想的过人之处。其战略战术,很值得今人借鉴。

对曾国藩来说,有一件事不能回避,这就是他曾经在"天津教案"事件中声誉受损。客观地讲,当时曾国藩也只是秉承清王朝最高统治者的意志行事,接替他处理此事的李鸿章对最后判决比此前并无多大改变。

除了军事功劳和外交上的事务以外,曾国藩在洋务运动中的作用不可忽略。

在军事工业近代化方面,他率先筹设了安庆内军械所,这是我国的第一家近代军事工厂。虽然一开始只是一个手工作坊,但他们造出了我国第一艘轮船"黄鹄号"。

在民族工业近代化方面,曾国藩与学生李鸿章共同创办了江南机器制造局,办起了我国第一家大型使用机器生产的近代工厂,制造出我国的第一艘兵轮和第一台机床,炼制出我国第一磅近代火药和第一炉钢水，造就出我国一大批近代技术工人和一部分工程技术人员。因此，它是我国近代工矿企业的母厂，奠定了我国近代工业的基础。

在海军近代化方面，曾国藩从轮船的制造，到海军的建制，从水兵的招募与训练，到海军经费的筹集和水师章程的制定等，都作了许多的探索，以后海军的发展，基本是按曾国藩制定的蓝图进行的。

例如，江苏巡抚丁日昌当时提出在吴淞、天津和南澳建立3支外海水师的设想，当即就得到曾国藩的赞同和支持。曾国藩对我国海军建设的筹划与支持，促进了我国近代海军的形成和发展，促进了我国海军的近代化。

此外，曾国藩还派幼童到美国留学，揭开了我国向西方派遣留学生的历史。此举推动了我国的对外开放、中西文化交流，促进了我国教育的近代化，以及新式知识分子队伍的形成。

曾国藩的人格修炼堪称无与伦比。

第一是诚，为人表里一致，一切都可以公之于世；第二是敬，敬畏，内心不存邪念，持身端庄严肃有威仪；第三是静，心、气、神、体都要处于安宁放

松的状态;第四是谨,不说大话、假话、空话,实实在在,有一是一,有二是二;第五是恒,生活有规律、饮食有节、起居有常。

曾国藩的人格修炼不仅对他的事业有帮助,也使他身边汇聚了各路才俊,如左宗棠、李鸿章等。他的人格还体现在对家人的关怀和教导上。

众所周知的"曾国藩家书",已经成为当前的热门话题。曾国藩的人格魅力也对后世的影响也非常之大,以至于使他成为深刻影响数代人的精神偶像。

曾国藩还是个文学家。他承桐城派方苞、姚鼐而自立风格,创立晚清古文的"湘乡派"。

他论古文,讲求声调铿锵,以包蕴不尽为能事。他所做古文,深宏骏迈,能运以汉赋气象,有一种雄奇瑰玮的意境,能一振桐城派枯淡之弊,为后世所赞。

曾国藩宗法桐城,但有所变化、发展,又选编了一部《经史百家杂钞》以作为文的典范,世称"湘乡派"。清末及民初严复、林纾,以至谭嗣同、梁启超等均受他文风影响。

曾国藩著有《求阙斋文集》、《诗集》、《读书录》、《日记》、《奏议》、《家书》、《家训》及《经史百家杂钞》、《十八家诗钞》等，不下百数十卷，《曾文正公全集》，传于世。另著有《为学之道》、《五箴》等著作。

1872年3月20日，曾国藩因病在南京逝世。朝廷赠与太傅，谥号"文正"。

躬行君子，吾未之有

子曰："文，莫①吾犹人也。躬行君子，则吾未之有得。"

子曰："若圣与仁，则吾岂敢？抑②为之③不厌，诲人不倦，则可谓云尔已矣。"公西华曰："正唯弟子不能学也。"

子疾病④，子路请祷⑤。子曰："有诸⑥？"子路对曰："有之。《诔》⑦曰：'祷尔于上下神祇⑧。'"子

曰:"丘之祷久矣。"

【注释】

①莫:约摸、大概、差不多。

②抑:折的语气词,"只不过是"的意思。

③为之:指圣与仁。

④疾病:疾指有病,病指病情严重。

⑤请祷:向鬼神请求和祷告,即祈祷。

⑥有诸:有这样的事吗。

⑦《诔》:祈祷文。

⑧神祇:古代称天神为神,地神为祇。

【解释】

孔子说:"就书本知识来说,大约我和别人差不多,做一个身体力行的君子,那我还没有做到。"

孔子说:"如果说到圣与仁,那我怎么敢当!不过努力而不感厌烦地做,教诲别人不感觉疲倦,则可以这样说。"公西华说:"这正是我们学不到的。"

孔子病情严重,子路向鬼神祈祷。孔子说:"有这回事吗?"子路说:"有的。《诔》文上说:'为你向天地神灵祈祷。'"孔子说:"我祈祷很久了。"

【故事】

兵学鼻祖孙武

孙武原来是齐国人,由于避难到了吴国。为了施展生平所学,他拿着自己所著的兵书,去求见吴王阖闾,让自己领兵打仗。阖闾想要伐楚,正需要孙武这样的人才,再加上有伍子胥的推荐,于是就接见了孙武。

阖闾和孙武进行了深入的交流,觉得孙武是个难得的人才,最后正式任命孙武为大将。在孙武的严格训练下,

吴军的军事素质有了明显的提高。

公元前512年，吴王阖闾、吴国大夫伍子胥和上任不久的大将孙武，指挥吴军攻克了楚的属国钟吾国、舒国。

这时，阖闾想要攻克楚都郢，孙武认为这样做不妥，便进言道："楚军是一支劲旅，非钟吾国和舒国可比。我军已连灭两国，现在人疲马乏，军资消耗很大，不如收兵，蓄精养锐，再等良机。"

吴王听从了孙武的劝告，下令班师。

伍子胥也完全同意孙武的主张，并向阖闾献策说："人马疲劳，不宜远征。不过，我们也可以设法使楚人疲困。"

于是伍子胥和孙武共同商定了一套扰楚、疲楚的计策，对楚国进行轮番袭击。弄得楚国连年应付吴军，人力物力都被大量耗费，国内十分空虚，属国纷纷叛离。吴国却从轮番进攻中抢掠不少，在与楚国对峙中完全占据上风。

公元前506年，楚国攻打已经归附吴国的蔡国，这便给了吴军伐楚的借口。阖闾和伍子胥、孙武指挥训练有素的3万名精兵，乘坐战船，直趋蔡国与楚国交战。

楚军见吴军来势凶猛,不得不放弃对蔡国的围攻,收缩部队,调集主力,以泒水为界,加紧设防,抗击吴军的进攻。

不料孙武突然改变了沿淮河进军的路线,放弃战船,改从陆路进攻,直插楚国纵深。

伍子胥问道:"吴军习水性,善水战,为何改从陆路进军呢?"

孙武告诉他说:"用兵作战,最贵神速。应当走别人料想不到的路,以便打它个措手不及。逆水行舟,速度迟缓,楚军必然乘机加强防备,那就很难破敌了。"

就这样,孙武在3万名精兵中选择了强壮敏捷的3500名为前阵,身穿坚甲,手执利器,连连大败楚军,随后攻入楚国的国都郢。

孙武以3万名军队攻击楚国的20万大军,获得全胜,创造了以少胜多的光辉战例。

然而,这时越国乘吴军伐楚之机进攻吴国,秦国又出兵帮助楚国对付吴军,这样,阖闾不得不引兵返吴。此后,吴又继续伐楚,楚为避免亡国被迫迁都。

论 语

孙武在帮助阖闾西破强楚的同时，还计划征服越国。只是当时时机未到，正在抓紧准备。

公元前496年，阖闾不听孙武等人的劝告，不等准备工作全部就绪，就仓促出兵想要击败越国。不料，勾践主动迎战，施展巧计，把吴军杀得大败，吴军仓皇败退。

阖闾也被越大夫灵姑浮挥戈斩落了脚趾，身受重伤，在败退途中，死在陉地。后葬苏州虎丘山。

阖闾去世后，由太子夫差继承王位，孙武和伍子胥整顿军备，以辅佐夫差完成报仇雪耻大业。

公元前494年春天，勾践调集军队从水上向吴国进发，夫差率10万名精兵迎战于夫椒。

在孙武、伍子胥的策划下，吴军大败越军。勾践只得向吴屈辱求和，夫差不听伍子胥劝阻，同意了勾践的求和要求。

吴国的争霸活动在南方地区取得胜利后，便向北方中原地区进逼。

公元前485年，夫差联合鲁国，大败齐军。

公元前482年，孙武随同夫差又率领着数万名精兵，由水路北上到达黄池，与晋、鲁等诸侯国君会

盟。吴王夫差在这次盟会上,以强大的军事力量为后盾,争得霸主的地位。

孙武精心训练军队和制定军事谋略,对夫差建立霸业作出了巨大贡献。

随着吴国霸业的蒸蒸日上,夫差渐渐自以为是,不再像以前那样励精图治,对孙武、伍子胥这些功臣不再那么重视,反而重用奸臣伯嚭。

与此同时,越王勾践为了消沉吴王斗志、迷惑夫差,达到灭吴目的,一方面自己亲侍吴王,卧薪尝胆;一方面选送美女西施入吴。

西施入吴后,夫差大兴土木,建筑姑苏台,日日饮酒,夜夜笙歌,沉醉于酒色之中。

孙武、伍子胥一致认为,勾践被迫求和,一定还会想办法伺机报复,故必须彻底灭掉越国,绝不能姑息养奸,留下后患。但夫差听了奸臣的挑拨,不理睬孙武、伍子胥的苦谏。

由于伍子胥一再进谏,夫差大怒,制造借口逼其自尽。伍子胥自尽后,夫差又命人将他的尸体装在一只皮袋里,扔到江中,不给安葬。

伍子胥的死,给了孙武一个沉重的打击。他的心

完全冷了。他意识到吴国已经不可救药。孙武深知"飞鸟尽,良弓藏;狡兔死,走狗烹"的道理,于是便悄然归隐。

隐居吴都郊外的孙武由此更加看清自己的前途,他在隐居之地,一边灌园耕种,一边写作兵法,终于完成了兵法13篇。

孙武死后,他的后世子孙孙膑把孙武的用兵思想广为传播并发扬光大。

兵家用兵神将吴起

吴起是战国时期卫国人,他为了有所建树,曾经在鲁国拜孔子的徒孙曾申为师,后来又去魏国拜"孔门十哲"之一的子夏为师。

吴起在鲁国时,齐国于公元前412年进攻鲁国,鲁穆公想用吴起为将,但因为吴起的妻子是齐国人,对他有所怀疑。吴起由于渴望当将领成就功名,杀了自己的妻子,表示不倾向齐国,史称"杀妻求将"。

鲁穆公终于任命他为将军。

吴起治军严于己而宽于人,与士卒同甘共苦,因而军士皆能效死从命。

吴起在奉命率军与齐国作战时,他率领军队到达前线后,没有立即同齐军开仗,表示愿与齐军谈判,先向对方示弱,以老弱之卒驻守中军,给对方造成一种弱势和胆怯的假象,用以麻痹齐军将士。

齐军见状,就放松了警惕。没想到,吴起出其不意,以精壮之军突然向齐军发起猛攻。齐军仓促应战,一触即溃,伤亡过半。鲁军大获全胜。

吴起战场胜利,获得了鲁穆公的高度重视,认为吴起的才干非常高。

吴起得势引起鲁国群臣的非议,一时流言四起。

有些人在鲁穆公面前中伤吴起说:"吴起是个残暴无情的人。他小时候,家资十全,他想当官,从事游说活动没有成功,以致家庭破产。

"乡邻都耻笑他，吴起就杀了30多个诽谤他的人，逃出卫国而东去。现在，鲁君对他有怀疑，他就杀了自己的妻子以争取做将军。

"鲁国是个小国，一旦有了战胜的名声，就会引起各国都来图谋鲁国了。而且鲁国和卫国是兄弟国家，鲁君用吴起，就是抛弃了卫国。"

鲁穆公听信了谗言，就对吴起产生了疑虑，最后辞退了吴起。

吴起离开鲁国后，听说魏文侯很贤明，想去凭本事游说他。

文侯问大臣李悝说："吴起为人如何？"

李悝说："吴起贪图荣名，但他用兵，连司马穰苴也不能超过他。"

魏文侯任命吴起为将军。吴起率军攻打秦国，只一战，就连续攻克秦国5座城邑。

魏文侯因吴起善于用兵，廉洁而公平，能得到士卒的拥护，就任命他为西河一带的守将，抗拒秦国和韩国。

公元前409年，吴起攻取秦河西地区的两座城池并加以维修。次年，攻取秦的西河属地多处，置西河郡，任西河郡守。

这一时期，吴起曾与诸侯大战76次，全胜64次，开拓领地上千里。特别是阴晋之战，使魏国成为战国初期的强大的诸侯国。

吴起镇守西河期间，强调兵不在多而在于"治"。他首创考选士卒之法：凡能身着全副甲胄，执12石之弩，背负矢50个，荷戈带剑，携3天口粮，在半日内跑完百里者，即可入选为"武卒"，免除其全家的徭赋和田宅租税。

选定"武卒"后，吴起又对他们进行严格训练，使之成为魏国的精兵之师。在训练中，他主张严刑明赏、教戒为先，认为若法令不明，赏罚不信，虽有百万之军也无益。

吴起做将军时，和最下层的士卒同衣同食。睡觉时不铺席子，行军时不骑马坐车，亲自背干粮，和士卒共担劳苦。

士卒中有个人生疮，吴起就用嘴为他吸脓。这个士卒的母亲知道这事后大哭起来。

别人说："你儿子是个士卒，而将军亲自为他吸取疮上的脓，你为什么还要哭呢？"

 论 语

母亲说:"往年吴公为他父亲吸过疮上的脓,他父亲作战时就一往无前地拼命,所以就战死了。现在吴公又为我儿子吸疮上的脓,我不知他又将死到那里了,所以我哭。"

魏文侯死后,吴起继续效力于他儿子魏武侯。武侯曾与吴起一起乘船顺西河而下,船到中流,武侯说:"这么壮美的山河又能如此险要,这是魏国的宝贝啊!"

吴起对他说:"国家最宝贵的是君主的德行,而不在于地形的险要。治理国家在于君主的德行,而不在于地形的险要。如果君主不讲德行,就是一艘船中的人也都会成为敌国的人。"

吴起又说了夏桀、商汤虽固守险地,因不施仁政最后被灭的例子,武侯听后很是赞同。

吴起任西河的守将威信很高,自然引起一些人的嫉妒。以前对吴起畏忌的公叔任相后,便想害吴起。

公叔有个仆人很有鬼点子,他知道公叔想除掉吴起,就说:"吴起很容易除掉。"

公叔说:"怎么办?"

仆人说:"吴起为人有节操,廉洁而重视声誉,

你可以先向武侯说：'吴起是个贤明的人，我们魏国属于侯一级的小国，又和强秦接壤，据我看，恐怕吴起不想长期留在魏国。'武侯必然要问：'那怎么办呢？'你就乘机向武侯说：'君侯可以把一位公主许配给吴起，他如果愿意留在魏国就必定欣然接受，如果不愿意留在魏国就必然辞谢。以此就可以探测他的想法了。'

"然后你再亲自把吴起邀到你的府上，使公主故意发怒而轻慢你。吴起看见公主那样轻贱你，他想到自己也会被轻贱，就会辞而不受。"

公叔照计行事，吴起果然看见公主轻慢魏相就辞谢了武侯。武侯因而对吴起有所怀疑了。吴起害怕武侯降罪，于是离开魏国到楚国去了。

楚悼王平素听说吴起很能干，吴起一到楚国就被任为相。吴起严明法令，撤去不急需的官吏，王室家族非直系者也一律停用。节省下来的预算分配给士兵，增加士兵人数。

楚国的军队加强了，吴起就率军四面出击，南面平定了百越；北面兼并了陈国和蔡国，并击退了韩、赵、魏的扩张；向西征伐了秦国。扩大了领地，增强

了国力。

楚悼王非常的高兴，把一切政事都交给吴起处理。

吴起实行的改革，打破了皇孙、贵族及一些官吏养尊处优、骄横跋扈的局面，因此他们对吴起恨之入骨。楚悼王却在这时一病不起，很快去世。

公元前381年，那些仇视吴起的人趁机叛乱，杀进宫来。吴起见难以逃命，就趴在楚悼王尸体上不起来。叛军一阵急箭，将吴起活活射死，但也有不少箭射到了楚王身上。

楚悼王的儿子戚即位，这就是楚肃王。他认为射杀父王的尸体是大逆不道的，于是就追究作乱之人的责任，杀了叛乱之人为吴起报了仇。后人都称赞吴起的智慧，认为他死后还能为自己报仇。

吴起在指导战争方面积累了丰富的经验，他把这些经验深化为军事理论。《汉书·艺文志》著录《吴起》48篇，已佚，今本《吴子》6篇包括《图国》、《料敌》、《治兵》、《论将》、《变化》、《励士》，是后人所托。

《吴子》的主要谋略思想是"内修文德，外治武备"。这些军事思想和战争谋略，对后世产生了深远的影响。

赫赫杰出战神白起

公元前294年，秦昭襄王任命白起为左庶长，率军攻打韩国的新城。第二年，白起升任左更并出任主将。同年，韩、魏两国联军进驻伊阙与秦军对峙。

在抗击韩、魏两国联军的战争中，秦国方面兵力不及韩、魏联军的一半。联军方面韩军势单力薄，希望魏军主动进攻，而魏军倚仗韩军精锐，想让韩军打头阵。

秦军主将白起利用韩、魏两国联军想保存实力、互相推诿、不肯先战的弱点，先设疑兵牵制韩军主力，然后集中兵力出其不意猛攻魏军。

魏军的战败，致使韩军溃败而逃。秦军乘胜追击，取得大胜。

在伊阙之战，秦军共斩首24万，占领5座城池。

魏军主将公孙喜被俘后遭处决。白起因功升任国尉。

稍后,白起趁韩、魏两国在伊阙之战惨败之机,率兵渡过黄河,夺取了安邑至干河的大片土地。

公元前292年,白起升任大良造,率军攻打魏国,夺取魏城;攻下垣邑,但没有占领。

公元前291年,白起率军攻打韩国,夺取了宛、叶。公元前289年,白起率军夺取了蒲阪、皮氏等魏国大小城池61座。

公元前282年,白起率军攻打赵国,夺取了兹氏和祁。次年,又夺取了蔺和离石。

公元前280年,白起再次攻打赵国,夺取了代和光狼城。

这时,白起在分析了秦楚两国形势后,决定采取直接进攻楚国统治中心地区的战略,于公元前279年率军沿汉水东下,攻取沿岸重镇。

白起命秦军拆除桥梁,烧毁船只,自断归路,以此表示决一死战的信心,并在沿途寻找食物,补充军粮。而楚军因在本土作战,将士只关心自己的家庭,没有斗志,因而无法抵挡秦军的猛攻,节节败退。

秦军长驱直入,迅速攻取汉水流域要地邓城,直抵楚国别都鄢城。鄢城距离楚国国都郢很近，楚国集结重兵于此，阻止秦军南下。

就在秦军久攻不下之时，白起利用蛮河河水从西山长谷自城西流向城东的有利条件，在鄢城500米处筑堤蓄水，修筑长渠直达鄢城，然后开渠灌城。经河水浸泡的鄢城东北角溃破，城中军民淹死数十万人。

攻克邓、鄢城后，白起又率军攻占西陵。随后不久，白起随秦昭襄王参加了渑池之会。

公元前278年，白起再次出兵攻打楚国，攻陷楚国国都郢，烧毁其先王陵墓夷陵，向东进兵至竟陵，楚顷襄王被迫迁都于陈。

此战秦国占领了楚国洞庭湖周围的水泽地带、长江以南以及北到安陆的大片土地，并在此设立南郡。白起因功受封为武安君。

公元前277年，秦昭襄王任命白起为主将、蜀郡郡守张若为副将，夺取了楚国的巫郡和黔中郡。在春申君的调解下，秦昭襄王才与楚国结盟休战。

公元前262年，秦军向东进攻，赵王派老将廉颇镇守长平。秦军不断挑战，廉颇坚守不出，双方长久相持。秦军散布廉颇要谋反的谣言，目的是让赵王换掉廉颇。赵王果然上当，派赵括来代替廉颇。

赵括只懂得纸上谈兵，没有多少实战的经验，轻敌出击。秦国大将领白起设伏兵包围赵括军队，并截断赵军粮道。秦昭襄王亲至河内，悉发成年男子到长平助战。赵军被围困46天，粮草断绝，拼死突围，赵括被射死，白起坑杀赵降兵40余万。

这场战争由于秦取得全胜，由其统一的形势已不可逆转，从此急转直下。长平之役，标志着以列国林立、兼并战争频仍为时代特征的战国一代行将终结，一个史无前例的中央集权大帝国就要来临了。

后来，白起因主张放弃攻打赵国，与秦昭襄王意见相左。秦昭襄王不听从白起的劝告,于公元前258年派兵攻打邯郸。赵国军民奋起反抗,秦军主将阵亡,最后也没有取得什么成果。

此时,秦昭襄王又派人动员白起说:"现在赵国士兵死于长平之战的有十分之七八,赵国虚弱,希望您能领兵出战,一定能消灭赵国。您以少敌多,都能大获全胜,更何况现在是以强攻弱,以多攻少呢?"

白起说:"秦国在长平大败赵军,不趁赵国恐慌时灭掉它,反而坐失良机,让赵国得到时间休养生息,恢复国力。现在赵国军民上下一心,上下协力。如果攻打赵国,赵国必定拼死坚守;如果向赵军挑战,他们必定不出战;包围其国都邯郸,必然不可能取胜;攻打赵国其他的城邑,必然不可能攻下;掠夺赵国的郊野,必然一无所获。我只看到攻打赵国的危害,没有看到有利之处。"白起从此称病不起。

秦昭襄王听到派去的人回来汇报,极为震怒,说:"没有白起我就不能消灭赵国吗?"

于是发兵攻打赵国。结果秦军包围赵都邯郸八九个月,死伤人数很多,也没有攻下。

赵军不断派出轻兵锐卒,袭击秦军的后路,秦军损失很大。这时白起说:"秦王不听我的意见,现在怎么样了?"

秦昭襄王得知后大怒,亲自去见白起,强迫他前去赴任。

白起叩头对秦王说:"我知道出战不会取得成功,但可以免于获罪;不出战虽然没有罪过,却不免会被处死。希望大王能够接受我的建议,放弃攻打赵国,在国内养精蓄锐等待诸侯内部产生变故后再逐个击破。"

秦昭襄王听后转身而去。

秦昭襄王免去了白起的官爵,将其贬为普通士卒,命其离开咸阳。但白起患病,没有立即动身。过了3个月,前方秦军战败的消息接踵而来,秦昭襄王更加愤怒,于是驱逐白起。

白起走出咸阳西门5千米,接到秦昭襄王派使者赐给他的一把剑,命他自尽。

白起仰天长叹道:"我到底有什么过错竟落得这般结果?"

过了一会儿又说,"我本来就该死。长平之战赵国投降的士兵有几十万人,我用欺诈之术把他们全都活埋了,这足够死罪了。"

白起随后自杀。白起被赐死后,秦国人都同情他有功无罪而死,大小城邑都祭祀他并自发在咸阳为其修建祠堂。至秦朝建立后,封其子白仲于太原,白起的后代子孙世代为太原人。

后人总结出白起作战有4个特点:一是不以攻城夺地为唯一目标,而是以歼敌有生力量作为主要目的的歼灭战思想,而且善于野战进攻,战必求歼。这是白起最为突出的特点。

二是为达到歼灭敌人的目的,强调对敌人穷追猛打,较孙武的"穷寇勿追"及商鞅的大战胜利后追残敌不过5千米,显然前进一步。

三是重视野战筑垒工事,先诱敌军脱离设垒阵地,再在预期歼敌地区筑垒阻敌,并防其突围。此种以筑垒工事作为进攻辅助手段的作战指导思想,在当时是前所未有的。

四是精确进行战前料算,不论敌我双方军事、政治、国家态势甚至第三方采取的应对手段等皆有精确料算,无一不中,能未战即知胜败。故而司马迁称赞白起为"料敌合变,出奇无穷,声震天下"。

白起是我国历史上战功最辉煌的将军,战国时期最为显赫的大将,征战沙场 35 年。

《史记·范雎蔡泽列传》中说,因为白起的存在,六国不敢攻秦。一个将领到了这样的一种地步,这在战争史上是很少见的。他为秦国的统一大业立下了举世之功。

太史慈守信誉赴约

东汉时期的孙策,在神亭岭与一敌将太史慈相斗,最后还是双方兵马上来把二人分别救了回去。

后来,在芜湖山中,孙策用埋伏的计策把太史慈抓获。他十分赞赏太史慈的武艺,就主动给太史慈松绑。太史慈十分感动,表示愿意投降。

太史慈向孙策说:"我们那边已是士卒离心,如果四散去了,恐怕不好收复。我想回去把他们都招拢来,投到你的帐下效力,不知道你能不能相信我。"

孙策一听,站起来谢道:"我怎么会不相信你呢,咱们以明天午时为期，到时我在辕门外等你就是了。"

不想太史慈一走，众人都担心起来。有人对孙策说："太史慈一去，恐怕不会再回来了。"

孙策摇头道："太史慈是青州名士，一贯重义气，绝不会欺骗我的。"

第二天，孙策带领众将来到辕门外，把一根竹竿立了起来，对众人说："我与太史慈约定是中午相会，你们看着竹竿的日影吧！"

刚好，竹竿的影子指到中午的时刻，太史慈领着兵马来了。众人一见，暗赞太史慈是个言而有信的君子。

廉范无私义薄云天

在儒家义利思想中，家庭和谐与为人民谋幸福是其重要的组成部分。一个人能够为此救危急，赴险厄，当属大义壮实。廉范就是这样的人。

廉范，东汉时期京兆杜陵人，是战国时期赵国将

军廉颇的后人。他凡事以大义为重,无愧于先祖。

廉范15岁时,其父在巴蜀地区死于战乱。廉范惊闻噩耗,痛不欲生,他小小年纪就告别母亲,只身前往巴蜀去接父亲的灵柩。

蜀郡太守张穆,是廉范的祖父廉丹的老部下,听说了这件事,就送给廉范许多财物。廉范没有接受父亲故友的赞助,决定背着灵柩徒步回乡。张穆就让自己的门客护送。

在途中,廉范所乘的船碰到礁石沉没,廉范抱着灵柩一起沉到水中。一船的人被廉范的孝心感动,忙用竹竿把他搭救上来,才幸免于死。

张穆听说以后,又派人骑着快马,带着先前送给廉范的财物去追赶,但廉范还是坚决推辞。张穆颇为感慨。

廉范背着父亲的灵柩回到故乡，安葬了父亲，又守孝3年。然后，前往京城拜师博士薛汉，进行学习。在薛汉门下，廉范学业日益精进，掌握了很多知识。当时的京兆、陇西两郡都请他做官，他热衷学业，就没有接受。

汉明帝初期，陇西太守邓融准备了一份厚礼，征聘廉范为功曹，但邓融忽遭上级审查。廉范知道邓融不好解脱，就暗自盘算，打算以自己的能力救他，于是托病离开了邓融。邓融不明缘由心中不免怨恨。

廉范离开邓融后到了洛阳，更名改姓，请求担任廷尉的狱卒。不久，邓融被押解到洛阳关在监狱，廉范于是得以在他身边侍奉，尽心尽力，非常勤劳。

邓融奇怪这个狱卒长得像廉范，于是试探着问道："你长的和我从前的一个部下很像。"

廉范为了掩饰，就故意提高声音斥责道："我看你是因为困窘看花眼了！"从此不再跟他说话。

廉范在邓融因病被押解出去养病时，就一直跟随着探视，找机会近前伺候。后来直至邓融病死，他都没有说明自己的真实身份，并亲自赶车送邓融的灵柩

到他的家乡南阳，安葬完毕才离开。

廉范后来被征聘到公府，恰逢京城博士薛汉因为楚王的案子被判死罪，他的故人、门生都不敢探视。这时，廉范义无反顾，前去给自己的老师薛汉收殓尸体，妥为安葬。

这件事被公府官吏告诉了汉显宗皇帝，汉显宗大怒，召廉范入宫，质问并斥责他说："薛汉和楚王一同密谋，惑乱天下，你是朝廷的官员，不和朝廷保持一致，反而替罪犯收殓，为什么？"

廉范叩头说："我愚蠢粗鲁，认为薛汉等人都已认罪被处死，但实在忍不住师生的情谊，罪该万死，请皇上罚我吧！"

汉显宗怒气稍息，又问廉范说："你是廉颇的后代吗？和右将军廉褒、大司马廉丹有没有亲缘关系？"

廉范回答说："廉褒，是我的曾祖父；廉丹，是我的祖父。"

皇帝说："难怪你有胆子敢这么做！"并赏赐他。

不久，廉范被推荐为秀才，几个月后，升任为云中太守。恰逢匈奴大举进兵入关，烽火连天。按照旧例，敌人超过5000人，就应该写信给邻郡求救。部下们打算写信求救，廉范没有采纳，亲自率领士卒抵挡。

当时匈奴的兵力很多，廉范的军队首战不利。于是，廉范调整策略，决定智取。

这天傍晚，廉范让每个士兵各自绑两个火把，举在头上。一时间，军营中无数亮光闪烁，就像繁星。匈奴人远远看到火光很多，以为汉军援兵来了，大为震惊，准备逃跑。

廉范犒劳士兵，抓住战机，在早晨冲杀。匈奴兵自相践踏，损失惨重。从此，匈奴不敢再侵犯云中地区。

廉范后来历任武威、武都两郡的太守。他根据当地风俗，教化训导百姓，很有政绩。汉章帝初期，廉范改任蜀郡太守。蜀郡的人喜欢争论，好互相评论好坏。廉范不接受别人在他耳边说坏话，还常常用纯朴厚实的道德观念训导他们。

在当时，蜀郡很多地方的房屋之间很窄，从前的条令禁止百姓晚上活动，防止火灾，但是百姓偷偷地活动，火灾每天都会发生。于是，廉范废除原来的法

令,但严格要求百姓储存足够的水,以备火灾之用。百姓自由出入,感到比以前方便了很多。

廉范体察民情,治郡有方,老百姓就用《五绔歌》来歌颂他的功绩。歌中唱道:"廉叔度,来何暮?不禁火,民安作。昔无襦,今五绔。"后一句的意思是,以前连短衣服都没有,现在连裤子都有5条了。可见人民富足。后来人们用《五绔歌》作为称颂地方官吏施行善政之词。

汉肃宗驾崩时,廉范到敬陵奔丧。当时庐江郡的官员严麟奉命吊丧,和廉范在路上相遇。严麟乘坐马车,路上泥水太深,马被陷死,严麟不能赶路。廉范马上命令跟随他的人下马,把马让给严麟,但没告诉严麟自己的姓名就走了。

严麟奔丧回来,想把马奉还,但不知道马是谁的,就沿路寻访。有人对严麟说:"蜀郡太守廉范,喜欢帮助危难贫穷的人。皇帝驾崩,能够不辞劳苦去奔丧的,估计只有他了。"

严麟平时也听说过廉范的名声,听人这样一说,也确定就是廉范帮助了自己。于是牵着马登门拜访,归还马匹并深表感谢。

廉范一生都在边境做官,广泛开垦田地,囤积粮食财物,改善了当地人民的生活。他临终前留下遗嘱,把绝大部分家产送给了宗族和朋友。

廉范秉义而行,不计私利,确为君子之道。不仅在两汉时期树立了权衡义利的样板,博得了很响的义名,后世的人们提起廉范,也都佩服他的仁义精神。

君子坦荡荡

子曰:"奢则不孙,俭则固;与其不孙也,宁固。"

子曰:"君子坦荡荡①,小人长戚戚②。"

子曰:"恭而无礼则劳,慎而无礼则葸③,勇而无礼则乱,直而无礼则绞④。君子笃⑤于亲,则民兴于

仁，故旧不遗，则民不偷⑥。"

【注释】

①坦荡荡：心胸宽广、开阔。

②长戚戚：经常忧愁、烦恼的样子。

③葸：xǐ，拘谨，畏惧的样子。

④绞：说话尖刻，出口伤人。

⑤笃：厚待、真诚。

⑥偷：淡薄。

【解释】

孔子说："奢侈了就会越礼，节俭了就会寒酸。与其越礼，宁可寒酸。"

孔子说："君子心胸宽广，小人经常忧愁。"

孔子说："只是恭敬而不以礼来指导，就会劳倦；只是谨慎而不以礼来指导，就会畏缩拘谨；只是勇猛而不以礼来指导，就会说话尖刻。在上位的人如果厚待自己的亲属，老百姓当中就会兴起仁的风气；君子如果不遗弃老朋友，老百姓就不会对人冷漠无情了。"

【故事】

千古一帝秦始皇

公元前247年,秦庄襄王嬴楚去世,13岁的嬴政被立为秦王。在政权更迭之际,身居相位的吕不韦,竟然参与朝廷内部势力的叛乱活动,秦王政果断免去了他的相位,将他逐出封地,最后迫使他饮毒酒自杀。

秦王政是个有远大抱负的人,在做秦王之初,他就广纳人才,并积极听取他们的意见。比如他采纳了李斯"统一六国"的政治主张,又实行了张仪"连横"的外交

 论　语

策略。

由于秦王政采取了英明决策，秦国日渐强大，从此走上了吞并六国，统一天下的道路。

公元前227年，秦王嬴政派秦国战将王翦、辛胜大举进攻燕国，在易水之西打败了燕国代国联军。第二年，嬴政又征调大军支援王翦，打败了燕军，攻陷燕都蓟城，燕王逃向辽东。后被秦将李信追杀。此后，秦王嬴政又先后灭掉了魏国、楚国、齐国、燕国等六国，至公元前221年，秦王嬴政终于完成了统一大业。

秦王嬴政统一天下后，参照秦国以前的制度，在政治、经济、文化等领域实行全面改革。

秦国群臣认为秦王平定天下，功业空前，远超三皇五帝。嬴政也觉得自己功盖三皇五帝，决定从"三皇"、"五帝"中各取一个字，取号为"皇帝"，其尊号为"秦皇"，因为他是第一位真正的皇帝，后人就称他为"秦始皇"。

秦始皇又采纳了李斯的意见，把天下划分为36郡，郡以下设县。

他又在中央朝廷里设置丞相、御史大夫、太尉、

廷尉、治粟内史等重要的官职协助他治理国家。所有这些官员都归他任免和调动，一概不得世袭。国家政事，不论大小都由他决定。

秦始皇还把原六国的兵器全都收缴到京城咸阳来，回炉熔铸成12个大铜人和许多铜器，并把铜人和铜器立在咸阳宫殿前面的两边，象征着秦始皇灭亡六国统一中原。

秦始皇还以圆形方孔、每个重半两的钱作为全国统一的货币。他下令规定了统一的度量衡，如尺寸、升斗、斤两等。还下令统一文字，规定用一种叫作小篆的字体，作为全国统一使用的标准文字。通过统一文字，各地的文化交流就方便多了。

秦始皇统一天下之后，北方匈奴势力对秦王朝构成了严重威胁。为了保证中原地区的安定，秦始皇派遣大将蒙恬率兵30万，北攻匈奴，攻取了北方许多地方。并在北方设置了34个县。

公元前211年，秦始皇又从中原地区迁移3万多户人家到北方垦荒种植，推动了北方经济的发展，维护了边关的稳定。

接着，秦始皇便开始大范围地修筑长城。他在

秦、赵、燕三国长城原有的基础上,加以连接和修补,构筑了西起陇西临洮和东至鸭绿江,长度达万余里的长城。这就是后来举世闻名的万里长城。

秦始皇总认为自己功盖三皇五帝,认为自己应该长生不老。所以,他不断地外出巡游,寻求能长生不老的仙药。

公元前210年,秦始皇开始了他的最后一次巡游。他从咸阳出发,首先来到南方的云梦一带,在九疑山祭祀了虞舜。然后便顺江东下,由丹阳登陆,来到钱塘,绕道120里渡江登上会稽山,在山上祭祀了大禹。

祭罢大禹,秦始皇在会稽山刻石留念,然后下山,经吴中北上。秦始皇一行从江乘渡江,一直沿着海边向北,又来到琅琊。他总想能在海边有所收获,遇见仙人或得到仙药,所以一直靠着海岸走,然而仍一无所获。

秦始皇求仙无望,便决定返回咸阳,在途中病倒了。

于是秦始皇和随从一路疾驰,准备赶回咸阳,不料到了沙丘,秦始皇就病逝了,终年50岁。

秦始皇统一天下，奠定了我国统一多民族中央集权国家的基本格局，对我国疆域的初步奠定和巩固发展国家的统一，以及形成以华夏族为主体的中华民族，起了重要作用。促进了我国历史上第一次民族大融合。第一次形成了真正意义上的中国。

王戎捉贼识苦李

王戎，西晋人，著名学者，是西晋著名的"竹林七贤"之一，曾任宰相。自幼勤奋好学，3岁捉贼，7岁识苦李，被人们称为神童。

王戎3岁那年，元宵节晚上，家人背着王戎去看花灯。大街小巷，到处挂着式样精巧、竞放异彩的灯笼。十字路口更是灯火辉煌，热闹非凡。在熙熙攘攘的人群中，家人背着小王戎看了很久才挤出人群。

小王戎看到家人背着他向一个僻静的小巷里走去，觉得很奇怪，低头一看，呀！背他的竟是一个陌生人！他想起父母说的有拐卖小孩的贼。心想这人定

 论 语

是个贼,趁看灯拥挤,人们不警惕,便把自己弄到他的背上。小王戎心里害怕,可是他没哭也没叫,不声不响地把自己小辫上的红头绳解下来,在贼的帽子上悄悄系好。等穿过小巷,到了另一条人多的街上,王戎就高喊起来:"快捉住他,他是贼!"那个贼吓了一跳,丢下王戎,钻进人群里逃跑了。

正在这时,几个巡夜的官兵来了。他们问王戎那个贼什么样子,王戎说:"我在那个贼的帽子上系了红头绳,快去捉他!"

王戎被送回家时,那个拐卖小孩的贼也被捉住了。

王戎7岁时,有一天,他和几个小伙伴到临沂城外去玩耍。此时正值农历6月,太阳热辣辣的,他们走了一段路,觉得都口干舌燥。突然,走在前面的一个伙伴高喊起来:"看,前面李子树上有李子!"王戎抬头向前一看,果然在路旁有一株李树,树上结满了红色的李子,沉甸甸的李子把枝条都压弯了。

"快去摘李子吃啊!"伙伴欢呼着向李树奔去。

王戎站着没动。"快去摘李子吃啊!"有个伙伴拉了他一把。

"别高兴,那李子是苦的。"王戎说。

"胡说,你怎么知道的?"伙伴瞪了他一眼。

"因为……"王戎话未出口,那小伙伴也奔到李树下去摘李子了。

最先跑到李树下面的小孩,跳起来摘了一颗李子,忙塞进嘴里嚼起来,可是立刻又皱起眉头,"呸、呸、呸"直往外吐。

小伙伴们看了都觉得奇怪,于是上前问道:"怎么了?"

"又涩又苦,呸!呸!"那个小孩说。

这时,王戎已走到李树下,他说:"我跟你们说李子是苦的,可你们不相信。"

"你没吃,怎知这棵树上的李子是苦的?"一个伙伴奇怪地问。

"你们想一想,这棵李树长在大路旁,每天有那么多人从这里经过,如果李子是甜的,早就摘光了。现在树上还有这么多李子,那一定是苦的了。"

小伙伴们听了王戎的话,都连连点头。纷纷称赞他爱动脑筋分析问题。

王戎不仅天资聪颖,而且勤奋好学,并未因人称

自己是神童而沾沾自喜。长大后，成为博学多才的学者，是西晋著名的"竹林七贤"之一。他当官后，因办事公平清廉高效，很快便官至宰相。

王羲之水饺师傅

王羲之是我国历史上数一数二的大书法家，民间有很多关于他的故事。传说，在他17岁时，他的书法就很有名气了，很多人都想请他题字，这让他很是骄傲。

一天，他经过一家饺子铺，来到一矮墙后边，看见一个白发老婆婆独自一人擀饺子皮、包饺子；一批饺子包好了，她看都不看一眼，随手就把一只只饺子抛出墙外的大锅中央。

王羲之惊叹不已，问："老妈妈，您多长时间练成这手功夫的？"

"熟要五十年，深要一辈子。"老婆婆回答。王羲之心想自己学写字不过十几年，就自满起来，真不应该，脸上一阵发热。

他又问老婆婆："贵店的饺子名不虚传，但门口的对联却似乎叫人不敢恭维，为何不找人写得好一点儿呢？"老婆婆一听，生气地说："听说王羲之那种人架子太大，哪里会瞧得起我这个小铺子？"

第二天，他亲自把一副对联送到白发老婆婆手中，诚恳地说："您让我懂得了学无止境的道理，您就是我的'水饺师傅'。"从此以后，王羲之虚心刻苦练习书法，终于成为一代"书圣"。

杨翥宽厚睦四邻

明代继承和发扬了笃实宽厚传统美德，涌现出许多感人的故事。其中杨翥以宽厚的胸怀促进邻里和睦，被传为佳话。

杨翥，字仲举，明朝人。少年时，父母双亡，跟随兄长当戍守兵士，又在学馆当先生，后经杨士奇推荐，任翰林院检讨，升迁为礼部尚书。他为官清正廉

论语

明,体恤民意,为人笃实敦厚,宽容忍让,为当时推举,后世称道。

杨翥处处关心他人,顾及别人利益,能设身处地替邻居着想。明景帝朱祁钰未登皇帝大位时,杨翥是太子宫中的官吏。他住在京城,平时因事外出,却从来不坐轿子,只是骑一头毛驴子。

杨翥的邻居是一位老头,快60岁的时候生了个儿子,老来得子,夫妻自然非常高兴。但这个孩子一听到杨翥的驴子叫就哭个不停,搞得全家人都不得安宁。老人没有办法,只好去向杨翥反映情况,建议杨翥外出还是坐轿子为好。

杨翥问邻居老人:"您为什么想要让我坐轿子,而不想让我骑毛驴呢?"

邻居老人说:"我家孩子怕您的驴叫,每次听到驴的叫声,他都哭闹不停。孩子出生时间不长,他太小了,我担心孩子被吓坏了。真要这样了,那我也不想活了!"

　　杨矗的儿子,当时在旁边听见了,不满意地插嘴对邻居老人说:"你养你的孩子,我爸骑自己的驴子,原本挨不着的事儿,怎么能限制我们骑毛驴这种事呢?"

　　杨矗马上阻止儿子别插嘴,然后他和颜悦色地对老人说:"好吧,我知道了,我明天就让驴子不叫了,您就放心吧!"

　　邻居老人走后,杨矗的儿子不服气地问:"你能让驴子不叫吗?驴子不叫,它还是驴子吗?"

　　杨矗笑着说:"呵呵,我还真能让驴子不叫。"

　　到了第二天早晨,杨矗便让仆人把驴子牵到集市上卖掉了,从此外出,均改为步行。

　　有一年夏天,有一段时间阴雨不停,积水把邻居家的院墙冲坏了,出现了一个洞口,雨水从洞口流到了杨矗家院子里,致使杨矗家如同发水一般,遭受水灾之苦。

　　杨矗的仆人每天打扫庭院,见大量雨水流了进来,院子没法收拾,就打算同邻居评理。

　　杨矗说:"毕竟还是下雨天少,晴天多,何必引

起争吵呢？"

仆人说："现在满院子都是水，几乎连下脚的地方都没有，也根本没法收拾。"

杨翥劝仆人说："先这样吧，毕竟总是下雨的时候少，晴天的时候多。"

由于杨翥的宽厚忍让，这件事情也就这样慢慢地过去了。

杨翥做修撰的时候，住在京城。他的一个邻居丢失了一只鸡，指骂说是被杨家偷去了。杨翥的仆人气愤不过，把此事告诉了杨翥，想请他去找邻居理论。

杨翥说；"此处又不是我们一家姓杨，怎知是骂的我们？随他骂去吧！"

久而久之，邻居们都被杨翥的宽容忍让所感动，纷纷到他家请罪。有一年，一伙贼人密谋欲抢杨翥家的财产，邻居得知此事后，主动组织起来帮杨家守夜防贼，使杨家免去了这场灾难。

邻里贵在和睦相处，但矛盾总会存在。杨翥不在意邻家雨水之害，也不在意邻居失鸡的点姓叫骂，是假装糊涂和有意忍让。这看似容易，其实很难，正因

为如此，才看出杨翥的德行和度量。

杨翥具有宽容和谦让的高尚品质，这是一份难能可贵的人生境界。事实上，杨翥在生活中常常遇到人际矛盾，但他为人处世宽宏大量，气度不凡，不计较小事，表现了他的超人的洒脱。他的宽宏忠厚，受到了世人的广泛赞誉。

吕留良题联自警

严于律己，务实立德，一直是笃实宽厚传统美德的重要内容之一。明末清初著名学者吕留良就是一个典型。

吕留良，明末清初著名思想家，时文评论家和出版家。

吕留良幼时即颖悟绝人，读书3遍就能不忘，8岁能文，10岁时就与士子往来。顺治时应试为诸生，后隐居不出。康熙时期拒应清代朝廷的鸿博之征，后

 论语

削发为僧。

吕留良有个朋友叫倪鸿宝,两个人都是读书人,在学问上分不出高低,都有点名气。

一天,倪鸿宝来访。在客厅里,吕留良和他一边品着茶,一边纵谈古今,气氛十分热烈。谈着谈着,倪鸿宝眼睛扫到了客厅墙上的一副对联:

囊无半卷书,唯有虞廷十六字;
目空天下士,只让尼山一个人。

意思是说:我什么书都不去看,只有虞廷16个字;在读书人里我谁都瞧不起,只有孔丘一人,我让他一等。

倪鸿宝琢磨着这副对联,在心里笑了笑,脸上露出不以为然的神色。他知道,所谓"虞廷十六字",指的是《书经·大禹谟》中"人心惟危,道心为微,

唯精唯一,允执厥中"。

意思是说,人心危险难安,道理幽微难明,要精纯专一,抓住事物的中心。在处理问题时,公允得当,不偏不倚。这是后来理学家修身养性的十六字诀。尼山,指孔子,孔子名丘字仲尼。

倪鸿宝轻轻地摇了摇头,心里暗想:吕留良以圣贤自居,口气太大,太狂妄了,哪有什么"允执厥中"的味道呢?

倪鸿宝回家里,叹息一番,也针锋相对地写了一联:"孝若曾子参,方足当一字可;才如周公旦,容不得半点骄。"意思是说:一个人孝如曾子参,只不过是做到了为人道德的一个方面;才能如周公,也不应有半点骄傲。

不久,吕留良回访倪鸿宝,一到书房,就看到了这副对联。他知道,曾子参是孔子的学生,以孝顺父母出名;周公旦是周武王的弟弟,有名的贤相。很显然,这副对联是针对自己客厅里那副对联写的,一时觉得很尴尬,举止言谈都有些失态。

这一切倪鸿宝都看在眼里。为了缓和气氛,倪鸿宝赶忙让座让茶,讲了很多客套话。

吕留良心里不得劲儿，坐了不多久，便借故告辞了。吕留良回到家里，仔细一想，倪鸿宝讲的确实有道理，自己是太骄傲了，实在是不应该的。

于是，立即撕下原来那副对联，重新写了一副客厅联：

效梅傲霜休傲友；
学竹虚心莫虚情。

意思是说：做人应该像梅一样在白雪面前骄傲地绽放自己的美丽，但在亲朋好友面前不要骄傲；要学习竹子的虚心才能历经风霜而不倒，但千万不能虚情假意。

从此以后，吕留良和倪鸿宝的交往就更密切了。

联品可看人品。吕留良和倪鸿宝的两副对联，表现了两人不同的品格和胸襟。而吕留良能够以对联自警，体现了他闻过则改，见贤思齐的儒家风范。

人之将死,其言也善

曾子有疾,孟敬子①问②之。曾子言曰:"鸟之将死,其鸣也哀;人之将死,其言也善。君子所贵乎道者三:动容貌③,斯远暴慢④矣;正颜色⑤,斯近信矣;出辞气⑥,斯远鄙倍⑦矣。笾豆之事⑧,则有司存。"

【注释】

①孟敬子:即鲁国大夫孟孙捷。

②问:探望、探视。

③动容貌:使自己的内心感情表现于面容。

④暴慢:粗暴、放肆。

⑤正颜色:使自己的脸色庄重严肃。

⑥出辞气:出言,说话。指注意说话的言辞和

口气。

⑦鄙倍：鄙，粗野。倍同背，背理。

⑧笾豆之事：笾和豆都是古代祭祀和典礼中的用具。

【解释】

曾子有病，孟敬子去看望他。曾子对他说："鸟快死了，它的叫声是悲哀的；人快死了，他说的话是善意的。君子所应当重视的道有三个方面：使自己的容貌庄重严肃，这样可以避免粗暴、放肆；使自己的脸色一本正经，这样就接近于诚信；使自己说话的言辞和语气谨慎小心，这样就可以避免粗野和背理。至于祭祀和礼节仪式，自有主管这些事务的官吏来负责。"

【故事】

智勇双全战将王翦

秦昭襄王时破赵国都城邯郸,秦始皇时以秦国绝大部分兵力消灭楚国。与白起、廉颇、李牧并称"战国四大名将"。

白起自杀后,秦昭襄王拜王翦为将,来统领大军。

在拜将之日,王翦在朝廷上大声地说了自己的意见:"我们不能等,韩魏赵虽然战胜了大秦的军队,但是他们因此也元气耗尽了。他们更需要停战休养生息。虽然我们伟大的秦军也遭

受一些挫折，但是我们的元气未损，同时士气不衰反涨。

"更重要的是今年巴蜀谷米大熟，而东方六国正在遭遇蝗虫灾害，他们的国力下降，而我们的国力上升。现在正是我们灭掉六国的最好的时机，时不我待。大王，我们出兵吧！"

秦昭襄王马上应允。于是，就在秦军包围赵都邯郸数月、损兵折将退却后不久，王翦率领30万大军在各州县充足的粮草辎重供应下，只携带了轻便的武器就出关而去。

此时，秦军重装都已经在各地的前沿等候王翦了，等王翦轻骑军一到，人马再和武器结合，就形成了秦军战无不胜的战斗力。

秦军此来，一因秦昭襄王亲征；二因王翦为将，兵势极盛，锐不可当。而王翦又是一个善于斗心的战将，往往秦军军力未到，声势就先一步威慑赵军了。

赵军在强大的秦军面前一触即溃。几乎兵不血刃，9座赵城被取下。面对孤城邯郸，王翦实行了三面的包围。终于在被困341天后，已经饿得面黄肌瘦的赵国都城邯郸人出城门投降了。

公元前238年，秦王政铲除了丞相吕不韦和长信侯嫪毐，开始亲政。他雄心勃勃，决心乘胜追击，吞并六国，实现统一天下的大业。

楚国地处江南，地大物博，兵源丰富，是个强劲的敌手。这次伐楚，秦王政不得不格外谨慎。

那么选谁挂帅出征才能万无一失，一举成功呢？

秦王政经过反复筛选，认为只有两个人可以胜任：一个是年轻有为、血气方刚的李信；一个是身经百战、深谋远虑的老将王翦。权衡利弊，两人各有长短，秦王政一时犹豫不决。各位大臣又各持己见，莫衷一是。

于是秦王政决定亲自和两人当面对策，再作决定。

秦王政坐殿，问李信："攻打楚国，需多少人马？"

李信昂首挺胸，十分自信地回答说："不过20万！"

秦王政又回头问王翦。

王翦沉思片刻，回答说："以臣之见，非60万人马不可。"

秦王政沉思了一会，笑了笑，对王翦说："王将军到底是老了。"

秦王政即刻任命李信为帅，即日出征讨伐楚国。

王翦看着秦王政对刚愎自用的李信深信不疑，必败无疑，本想再谏，又怕弄不好还会引起秦王政的怀疑，招来杀身之祸。就向秦王政请求告老还乡。

秦王政以为王翦年老无用，寒暄几句，也不强留。

李信一路耀武扬威，根本不把楚军放在眼里。

楚军看李信年轻气盛，如此狂妄，不觉心中暗喜。他们有意诱敌深入，佯装溃退。

李信求功心切，轻敌冒进，长驱直入。

楚军避实就虚，迂回运动，突然出击，切断其后路，使秦军首尾不能照应，连斩秦将7员。李信陷入楚军重围，多亏众将拼死相救，才得逃脱。

秦王政闻讯，十分震惊，这才恍然大悟，深悔自己耳目不明，用错了人，寒了老将军王翦的心。

秦王政亲率人马到王翦的故乡频阳，向王翦赔礼道歉。

王翦借口有病，不见。秦王政在频阳整整等候了

3天。秦王政明白王翦有气，再三赔罪，但王翦仍不肯答理。

秦王政心想，按王翦的为人不该如此，于是说："莫非将军有什么难言之隐？尽管说，朕一概答应就是了。"

王翦这才说："大王如果一定要臣出征，仍非60万人马不可。"

秦王政满口答应。王翦根据已往长期作战经验，知道楚军和赵军都具有坚强的战斗意志，是能战能守的军队。楚军新近击破李信指挥的秦军，锐气旺盛，斗志昂扬，对付这样的敌人，不仅没有胜利的把握，一旦行动不慎，还会影响整个战争前途。

王翦进入楚国后，即令部队在商水、上蔡、平舆一带地区构筑坚垒，进行固守，并令部队不许出战。休整待命，故双方相持数月没有大的交战。

楚对秦军大举东进，也集中全部兵力应战。当时秦已灭三晋，无后顾之忧，有物力的大量支援，能够打持久战。楚则无论军事、政治都远为落后。统帅项燕仍然集中楚军主力于寿春淮河北岸地区等待秦军的进攻。

 论 语

楚王责怪项燕怯战，派人数度催他主动进攻秦军。项燕军只得向秦军进攻，但既攻不破秦军的营垒，秦军又拒不出战，项燕无奈，引军东去。

王翦立即令全军追击楚军，楚军为涡河所阻，双方交手，楚军被击破东逃。秦军追至蕲南，平定楚属各地。斩杀楚将项燕，王翦率兵直取楚国都城寿春，楚国首都被秦军攻陷，楚王被俘。接着，秦军在王翦指挥下，马不停蹄地渡过长江，占领了吴越之地。

第二年，王翦便平定了楚国的属地，统一了长江流域。秦在楚地设南郡、九江郡和会稽郡。

王翦得胜班师回到秦都咸阳，秦王政为他举行庆功宴会。在庆功宴会上，王翦向秦王政要求告老还乡。此后，王翦便回到家乡，过着农耕生活，终老于家。

德圣武神国栋廉颇

赵惠文王刚执政赵国时，七国之中以齐国最为强盛，齐与秦各为东西方强国。秦国欲东出扩大势力，

赵国首当其冲。为扫除障碍,秦王曾多次派兵进攻赵国。廉颇统领赵军屡败秦军。

由于赵国廉颇的抵抗,秦被迫改变策略,于公元前285年与赵相会讲和,以联合韩、燕、魏、赵五国之师共同讨伐齐国,大败齐军。

在这个过程中,廉颇于公元前283年带赵军伐齐时,长驱深入齐境,攻取阳晋,威震诸侯,而赵国也随之跃居六国之首。廉颇班师回朝,拜为上卿。

秦国当时之所以虎视赵国而不敢贸然进攻,正是慑于廉颇的威力。此后,廉颇率军征战,守必固,攻必取,几乎百战百胜,名扬列国。

在廉颇带赵军伐齐时,赵王得到了一块楚国原先丢失的名贵宝玉和氏璧。这件事情让秦王知道了,他

愿意用15座城池来换和氏璧。

赵王派蔺相如出使秦国。蔺相如身携和氏璧，充当赵使入秦，并以他的大智大勇完璧归赵，取得了对秦外交的胜利。

这时，秦王欲与赵王在渑池会盟言和，赵王非常害怕，不愿前往。廉颇和蔺相如商量认为赵王应该前往，以显示赵国的坚强和赵王的果敢。

赵王与蔺相如同往，廉颇相送。廉颇与赵王分别时说："大王这次行期不过30天，若30天不还，请立太子为王，以断绝秦国要挟赵国的希望。"

廉颇的大将风度与周密安排，为赵王大壮行色。再加上蔺相如渑池会上不卑不亢地与秦王周旋，毫不示弱地回击了秦王施展的种种手段，不仅为赵国挽回了声誉，而且对秦王和群臣产生震慑。

最终，赵王平安归来。渑池之会后，赵王认为蔺相如功大，就拜他为上卿，地位竟在廉颇之上。廉颇对蔺相如封为上卿心怀不满，认为自己作为赵国的大将，有攻城扩疆的大功，而地位低下的蔺相如只动动口舌却位高于自己，叫人不能容忍。他公然扬言要当众羞辱蔺相如。

蔺相如知道后,并不想与廉颇去争高低,而是采取了忍让的态度,这让廉颇深受感动。他选择蔺相如家宾客最多的一天,身背荆条,赤膊露体来到蔺相如家中,请蔺相如治罪。

从此两人结为刎颈之交,生死与共。

"将相和"的故事所体现的情感催人泪下,感人奋发。而廉颇勇于改过、真诚率直的性格,更使人觉得可亲可爱。

公元前276年,廉颇向东攻打齐国,攻陷9城,次年廉颇再攻也取得了不小的战果。正是由于廉、蔺交和,使得赵国内部团结一致,尽心报国,使赵国一度强盛,成为东方诸侯阻挡秦国东进的屏障,秦国以后长时间不敢攻赵。

公元前266年,赵惠文王去世,赵孝成王执政。这时,秦国采取范雎和远方的国家结盟而与相邻的国家为敌的谋略,一边跟齐国、楚国交好,一边攻打临近的小国。

公元前260年,秦国进攻韩地上党。上党的韩国守军孤立无援,太守便将上党献给了赵国。于是,秦赵之间围绕着争夺上党地区发生了战争。

论语

这时,赵国名将赵奢已死,蔺相如病重,执掌军事事务的只有廉颇。于是,赵孝成王命廉颇统帅20万赵军阻秦军于长平。

在当时,秦军已切断了长平南北联系,士气正盛,而赵军长途跋涉而至,不仅兵力处于劣势,态势上也处于被动不利的地位。

面对这一情况,廉颇正确地采取了筑垒固守,疲惫敌军,相机攻敌的作战方针。他命令赵军凭借山险,筑起森严壁垒。尽管秦军数次挑战,廉颇总是严令部众,坚壁不出。

同时,他把上党地区的民众集中起来,一面从事战场运输,一面投入筑垒抗秦的工作。赵军森严壁垒,秦军求战不得,无计可施,锐气渐失。廉颇用兵持重,固垒坚守3年,意在挫败秦军速胜之谋。

秦国看速胜不行,便使反间计,让赵王相信,秦国最担心、最害怕的是用赵括替代廉颇。赵王求胜心切,终于中了反间计,认为廉颇怯战,强行罢廉颇职,用赵括为将。

赵括代替了廉颇的职务后,完全改变了廉颇制定的战略部署,撤换了许多军官。

秦国见使用赵括为将，便暗中启用白起率兵攻赵。结果大败赵括军于长平，射杀了赵括，致使赵国损失近50万精锐部队。

秦在长平之战胜利后，接受了赵割地请和的要求。但赵王对于事后割地决定不履行和约，并积极备战。秦昭王大怒，尽兵攻赵，并于公元前259年10月间兵围都城邯郸，邯郸军民誓死抵抗。

公元前258年正月，此时邯郸被围将近4个月，城内兵员损耗和粮食供给已显危机，人心在冬季更显得脆弱。但在廉颇、乐乘诸位良将的率领下，赵军依然士气高昂。

10月，邯郸城处于最危急的时候，粮草早已断绝，赵军依旧不屈地抵抗着。

由此可见，一个国家、一个民族、一个部队所具有的慷慨悲凉的气质、血气尚武的传统、同心志协的风气是多么的重要。

此时，燕国丞相栗腹以给赵王祝寿为名，出使赵国，侦探赵国虚实。

栗腹回国后向燕王建议："乘此良机攻赵必胜。燕将乐间认为赵国连年同秦作战，百姓熟悉军事，若

兴兵攻赵，燕军一定会败，坚决反对出兵。"

燕王喜不听乐间劝告，决意发兵攻赵国。他派栗腹为将，领兵60万兵分两路大举进攻赵国。栗腹令部将卿秦率军20万攻代，自率主力40万攻鄗。

赵孝成王令上卿廉颇、乐乘统兵13万前往抗击。廉颇分析燕军的来势后认为，燕军虽然人多势众，但骄傲轻敌，加之长途跋涉，人马困乏，遂决定采用各个击破的方略。

廉颇令乐乘率军5万兵士坚守代，吸引攻代燕军不能南下援救，自率军8万兵士迎击燕军主力于鄗。赵军同仇敌忾，决心保卫国土，个个奋勇冲杀，大败燕军，斩杀其主将栗腹。

攻代燕军闻听攻鄗军大败，主帅被杀，军心动摇。赵将乐乘率赵军趁机发起攻击，迅速取胜。两路燕军败退。廉颇率军追击250千米，直入燕境，进围燕都蓟。

燕王只好割让5座城邑求和，赵军始解围退还。战后，赵王封廉颇为信平君，任相国。

在此战中，赵军在廉颇的指挥下，利用燕军轻敌、疲劳之弊，对来犯之敌予以痛击，最后取得胜利。这是我国历史上以少胜多的著名战例。

这次战斗提升了赵国于七国中地位，锻炼了赵军作战能力，更重要的是恢复了作战的自信，增强了赵国实力和国家安全系数，发现并锻炼了赵国将领。

在此战中，一批新的战将脱颖而出，让赵人看到除了老将廉颇外还有更多优秀的将军，赵国的中兴似乎仍有希望。

公元前245年，赵孝成王去世，其子赵悼襄王继位。赵悼襄王听信了奸臣郭开的谗言，解除了廉颇的军职，派乐乘代替廉颇。廉颇因受排挤而发怒，打击乐乘，乐乘逃走。廉颇也离赵投奔魏国大梁。

廉颇去大梁住了很久，魏王虽然收留了他，却并不信任和重用他。

赵国因为多次被秦军围困，赵王想再任用廉颇，廉颇也想再被赵国任用。赵王派遣使者带着一副名贵的盔甲和4匹快马到大梁去慰问廉颇，看廉颇还是否可用。

廉颇的仇人郭开唯恐廉颇再得势，暗中给了使者很多金钱，让他说廉颇的坏话。赵国使者见到廉颇以后，廉颇在他面前一顿饭吃了一斗米，10斤肉，还披

甲上马，表示自己还可有用。

但使者回来向赵王报告说："廉将军虽然老了，但饭量还很好，可是和我坐在一起，不多时就去了3次厕所。"

赵王认为廉颇老了，就没任用他，廉颇也就没再得到为国报效机会了。

楚国听说廉颇在魏国，就暗中派人迎接他入楚。廉颇担任楚将后，没有建立什么功劳。他常常流露出对祖国乡亲的眷恋之情。

但赵国终究未能重新启用他，致使这位为赵国做出过重大贡献的一代名将，抑郁不乐，最终死在楚国的寿春，年约85岁。10多年后，赵国被秦国灭亡。

常胜名将大将军李牧

公元前309年，赵武灵王时期，下令国中推行"胡服骑射"，进行了一系列改革，军事力量逐渐强大，屡败匈奴等北方胡人部落。但到了赵惠文王、赵孝成王时期,匈奴各部落军事力量逐步恢复强大起来,并不断骚扰赵国北部边境,赵惠文王便派李牧带兵独当北部戍边之责。

在抗击匈奴的斗争中,李牧即表现了其杰出的军事才能。

为了有利于战备,李牧首先争取到赵王同意,自己有权根据需要设置官吏。另外,本地的田赋税收也全部归帅府,用作军事开支。

李牧针对赵军和匈奴军的特点,深思熟虑,采取了一系列的军事经济措施。他将边防线的烽火台加以完善,派精兵严加守卫,同时增加情报侦察人员,完善情报网,及早预警。

针对剽悍的匈奴骑兵机动灵活、战斗力强及以掠夺为主要作战目的,军需全靠抢掠的特点,为使窜扰的敌骑兵徒劳无功,他命令坚壁清野,并示弱于敌,以麻痹强敌,伺机歼敌。

为此,严明军纪:"匈奴入盗,急入收保,有敢捕虏者斩",所以每当匈奴入侵边境,烽火台一报警,李牧即下令士兵立即收拾物资退入城堡固守,从不出战,使匈奴无从掳掠。

这样过了几年,李牧没有人员伤亡,也没有损失过物资。

然而,时间一长,匈奴兵将总以为李牧胆小怯战,根本不把他放在心上;就是赵国边兵们也在下面窃窃私议,以为李牧胆小怯战,有的愤愤不平。

李牧一意坚守不主动出击的消息传到赵孝成王那里,赵孝成王派使者责备李牧,要李牧出击。李牧老谋深算,意欲放长线钓大鱼,也不作解释,我行我素,依然如故。

匈奴一来,即深沟高垒,坚守不出。匈奴往往满怀企望而来,却一无所获而归。

赵王听说李牧仍然一味防守,认为他胆怯无能,灭了自己威风,很生气,立即将李牧召回,派另外一员将领来替代。

新将领一到任,每逢匈奴入侵,即下令军队出战,几次都失利,人员伤亡很大,而且边境不安,百姓没有办法耕种和放牧。

赵王只得又派使臣去请李牧复职,李牧闭门不出,坚称有病,不肯就任。

赵王不得已,只得强令李牧出山。

李牧对赵王说:"您一定要用臣的话,臣还要和以前一样。您答应这个条件,我就赴任。"

赵王只好答应了他的请求。李牧又来到雁门,坚持按既定方针办,下令坚守。几年内匈奴多次入侵,都一无所获,还是以为李牧胆小避战。

其实,李牧早已经定下诱敌深入,设伏包歼的计谋,对种种屈辱骂名置之不理,而边庭将士因为天天得到犒赏,却没有出力的机会,都希望能在战场上效力。

李牧看条件成熟了,于是经过严格挑选战车1300辆,又挑选出精壮的战马1.3万匹,勇敢善战的士兵5万人,优秀射手10万人。然后把挑选出来的车、马、战士统统严格编队,进行多兵种联合作战演习训练。一切准备就绪之后,李牧设法引诱匈奴入侵。

公元前244年的春天,李牧让百姓漫山遍野去放牧牲畜。不久,情报员来报告:"有小股匈奴到了离边境不远的地方。"

　　李牧派了一支小部队出战,佯败于匈奴兵,丢弃下几千名百姓和牛羊作为诱饵让匈奴俘虏去。

　　匈奴单于王听到前方战报,十分高兴,因久无缴获,于是率领大军侵入赵境,准备大肆掳掠。

　　李牧从烽火台报警和情报员报告中了解了敌情,早在匈奴来路埋伏下奇兵。待匈奴大部队一到,李牧为消耗敌军,先采取守势的协同作战。

　　战车阵从正面迎战,限制、阻碍和迟滞敌骑行动;步兵集团居中阻击;弓弩兵轮番远程射杀;骑兵及精锐步兵控制于军阵侧后。当匈奴军冲击受挫时,李牧乘势将控制的机动精锐部队由两翼加入战斗,发动钳形攻势,包围匈奴军于战场。

　　经过几年养精蓄锐训练有素的赵军将士们,早已摩拳擦掌,个个生龙活虎,向敌人扑了过去。仿佛是一架运转严整的机器,两翼包抄的1.3万名赵军骑兵仿佛两把锋利砍刀,轻松地撕开匈奴人看似不可一世的军阵,在转瞬间扼住10万匈奴骑兵命运的咽喉。

　　一整天的会战很快演变成一场对匈奴的追歼。10万匈奴骑兵全军覆没,匈奴单于仅带了少量亲随仓皇逃窜。

李牧大败匈奴之后，又趁胜利之势收拾了在赵北部的匈奴属国，迫使单于向遥远的北方逃去，进一步清除了北方的忧患。

在这次取得辉煌胜利的战役之后，匈奴兵慑于赵军之威，10多年内不敢入侵赵的边境。李牧也因此成为继廉颇、赵奢之后赵国的最重要的将领。

公元前246年以后，李牧曾因国事需要调回朝中，以相国身份出使秦国，订立盟约，使秦国归还了赵国之质子。

公元前245年，赵孝成王逝世，赵悼襄王继位。公元前244年，廉颇的大将军一职被取代，廉颇一怒之下，带领自己部下，投奔魏国去了。当时，赵奢、蔺相如已死，李牧成为朝中重臣。

公元前232年，秦王政派秦军入侵。秦军兵分两路攻赵，以一部兵力由邺北上，准备渡漳水向邯郸进迫，袭扰赵都邯郸。秦王政亲率主力由上党出井陉，企图将赵拦腰截断，进到番吾。

因李牧率军抗击，邯郸之南有漳水及赵长城为依托，秦军难以迅速突破。

论 语

李牧遂决心采取南守北攻,集中兵力各个击破的方针。他部署司马尚在邯郸南据守长城一线,自率主力北进,反击远程来犯的秦军。

两军在番吾附近相遇。李牧督军猛攻,秦军受阻大败。李牧即回师邯郸,与司马尚合军攻击南路秦军。秦南路军知北路军已被击退后,料难获胜,稍一接触,即撤军退走。

这次李牧击退秦军,是秦、赵两国交战中,赵国最后一次取得重大胜利。当时韩、魏已听命于秦,尾随秦军攻赵,李牧为此又向南进军,抵御韩、魏的进攻。

公元前229年,赵国由于连年战争,再加上北部地震,大面积饥荒,国力已相当衰弱。秦王政乘机派大将王翦亲自率主力进围赵都邯郸。赵悼襄王任命李牧为大将军,率全军抵抗入侵秦军。

王翦知道李牧不除,秦军在战场上不能速胜,禀告秦王,再行反间故伎,派奸细入赵国都城邯郸,用重金收买赵悼襄王的近臣,让他们散布流言蜚语,说什么李牧、司马尚勾结秦军,准备背叛赵国。

昏聩的赵悼襄王一听到这些谣言,不加调查证

实,立即派人去取代李牧。

李牧为社稷军民计,拒交兵权,继续奋勇抵抗。赵悼襄王便暗中窥探,乘其不备之时,命人加以捕获残杀,并罢黜废免了司马尚。

3个月后,王翦大破赵军,灭掉了赵国。

李牧这位纵横沙场的名将,最终死在了他所誓死保卫的祖国君臣的手中。他的无辜被害,使后人无不扼腕叹息!

刘德不浮夸虚心学习

西汉时期,汉景帝的儿子刘德被封为河间王。他虽然是皇子,却不高傲自大,仍虚心好学。

刘德对先秦文化特别感兴趣,他在民间收集了许多先秦的书籍,把这些书分门别类地整理起来,然后仔细地做起研究。几年后,他对先秦的文化有了很高的造诣。

有一次,刘德到长安看望当了皇帝的哥哥刘彻。

刘彻正好和一些学士们，在谈论古代的学术问题。刘德觉得这是一个很好的学习机会，就坐在一旁听起来。

学士中有个人看了不少先秦的书，自认为无人能比，就信口开河，夸夸其谈起来。刘德听出他的话中有许多错误，就加以纠正。

大家见刘德所说的东西有根有据，纷纷向他请教。

对于大家提出的问题，刘德知道的就仔细地向大家讲解；不知道的，就老老实实地说不知道。大家见他虽然身居高位，依然治学严谨，一点没有浮夸的习气，都格外佩服。

李杜友情千古传佳话

唐代文人普遍尚儒，对笃实宽厚传统美德有深刻的理解，在人际交往上也往往不同常人。唐代最著名的诗人李白和杜甫做到了儒家所强调的"将心比心"，

"以心换心",因而他们之间的友情,在我国文学史上成为了久久为人传诵的佳话。

李白,唐代浪漫主义诗人,被后人誉为"诗仙"。他的诗歌总体风格清新俊逸,既反映了时代的繁荣景象,也揭露了统治阶级的荒淫和腐败,表现出蔑视权贵,反抗传统束缚,追求自由和理想的积极精神。

杜甫,唐代现实主义诗人。杜甫忧国忧民,人格高尚,他被世人尊为"诗圣",他的诗被称为"诗史"。

744年春夏之交,李白与杜甫在洛阳初次相遇,当时李白44岁,杜甫33岁;李白已经名满天下,杜甫还默默无闻。他们虽然有年龄上的差异和诗坛地位的高低,但一点也没有影响两人之间成为知音。

初次见面,杜甫就被李白的风采吸引住了。李白对杜甫的青年有为也很欣赏。

当时，他们俩都对现实不满，因此一见如故。两人的志趣相同，时常在一起吟诗作赋，自得其乐，度过了一段彼此难忘的日子。

那时候，社会上有一种求仙访道的风气。李白与杜甫相约结伴而行去寻找瑶草。两人渡过波涛汹涌的黄河，尽管路途艰险，但他们互助互爱，常常吟诗作句，以苦为乐。

他们一起赴王屋山寻访道士华盖君，欲学长生之道。可是华盖君已经去世了，他们凄凉地望着寥廓的四野，尽管彼此心中有不尽怅然与失望，但他们都互相劝慰对方，最后不得不按原路回去。

这年秋天，李白和杜甫与另一诗人高适遇在一起了。这三个朋友经常在洛阳城里的酒楼饮酒赋诗，各叙心中的愤懑，也谈论着当时的国事，讽刺唐玄宗李隆基的醉心声色。渐渐地，杜甫和李白更加了解对方，他们之间的关系更加密切了。

在这段时间里，两人时常喝酒论文，李白的诗歌造诣对杜甫的诗歌创作产生一定的影响。如杜甫《登兖州城楼》诗中，"浮云连海岱，平野入青徐"与李白诗句"秋波落泗水，海色明徂徕"、"青山横北郭，白水绕东城"句式相似,视野比以前更开阔了。两个同样喜爱诗歌创作的人在一起谈诗论文,肯定会互相切磋。

第二年秋天,杜甫和李白又在兖州相遇。他们白天携手同行,寄情于山水之乐。晚上,常常一边饮酒,一边仔细讨论文学上的问题,有时喝得大醉,同床酣睡。

他们两人共同度过一段美好的日子,彼此都从对方身上学到了许多宝贵的东西,诗歌创作上也有了很大的进步。

在兖州相遇不久,李白和杜甫又分别了,怀着恋恋不舍的心情踏上人生的新路。多情的杜甫在这以后一直处于对李白的思念之中,不管流落何地,都写出了刻骨铭心的诗句。李白也在思念,但他步履放达、交游广泛,杜甫的名字很少再在他的诗中出现。

其实,天下的至情并不以平衡为条件。即使李白不再思念,杜甫也做出了单方面的美好承诺。李白对他无所求,他对李白也无所求。

杜甫赠李白及怀念李白的诗,是写得最为动人的,几乎每一篇均堪称名作。"醉眠秋共被,携手日

同行",这是杜甫写两人在一起时亲如兄弟的情形;"剧谈怜野逸,嗜酒见天真",这是杜甫写李白喝酒时可爱的样子。

杜甫诗中描绘李白的地方更多,在后人心目中李白的形象如此鲜活,一个最直接的来源就是杜甫的诗歌。如《寄李十二白二十韵》中有"笔落惊风雨,诗成泣鬼神",这是称赞李白的诗气势磅礴,富于感染力。再如《饮中八仙歌》写道:

> 李白一斗诗百篇,长安市上酒家眠,
> 天子呼来不上船,自称臣是酒中仙。

杜甫在诗中非常生动地呈现了李白那种天才气的高傲而放诞的性格。

真诚的友谊建立在"知音"的基础上,它不会因为友人遭遇世人的鄙弃而改变。在"安史之乱"中,唐肃宗李亨与他弟弟、永王李璘因权力之争而兵戎相见,李白参与了李璘的军事行动,在李璘失败后成为阶下囚,继而流放夜郎。

在一般人看来,李白此时是一名罪犯,倒霉全是

自找的。但杜甫仍然对李白保持着信任，并且充满同情。他在《天末怀李白》诗中写道：

凉风起天末，君子意如何？
鸿雁几时到？江湖秋水多！
文章憎命达，魑魅喜人过。
应共冤魂语，投诗赠汨罗。

这里"文章憎命达"，意思说有才华的人总是命运多舛；"魑魅喜人过"意思说心思恶毒的小人总是喜欢利用别人的过失加以陷害，对李白的遭遇有十分清醒的理解。

李白和杜甫个性不同，艺术风格也有明显的差异。李白狂放不羁，富于幻想，如偶尔飘零于尘世的仙人。杜甫相比于李白则显得淳厚谨重，心思完全在现实生活中。而令人感到格外可贵的是，这完全不妨碍他们彼此理解，相互器重。

李白被称为"诗仙"，杜甫被称为"诗圣"。仙出世，李白一生都在作浪漫的想象飞行；圣入世，杜甫一生都在现实的荆棘与泥水中行走跋涉。

两人都以他们超凡的诗才和博大的襟怀，撑起唐代诗坛一片"高不可及"的瑰丽天空；都以其高贵的人格和真挚的友情，谱出文学史上一段知音的千古佳话。

柳刘成为生死之交

"柳刘"，是指柳宗元和刘禹锡。在群星丽天的中唐文坛，柳宗元和刘禹锡是交相辉映的双子星座。他们一样的才情，共同的理想，相似的运遇，让两人终其一生以道相勉，以情相慰，以心相许，成为生死之交。

793年，20岁的柳宗元和21岁的刘禹锡同登进士第，人生轨迹有了第一次交汇。

出身于河东望族的柳宗元博古通今，精明敏捷，贞元初期即以童子而有奇名。长于江南的刘禹锡也饱读诗书，出入经史，器宇轩昂，广有才名。

柳宗元和刘禹锡这两个当时最年少的才子，在一起走马长安，题名雁塔，宴饮曲江的春风得意的日子里，惺惺相惜，结同年之谊。在此后的10年间，柳刘两人虽聚少离多，但经历惊人地相似：都承受了丧父之痛，都以博学宏辞在朝中做过校刊典籍的官员，也都曾在京畿附近任过县职。

803年，柳宗元从蓝田尉、刘禹锡从渭南主簿任上同时调回朝中，任职监察御史台，成为朝朝相处的僚友。

在雅重诗文的政坛，柳刘两人无疑是最为出色的青年才俊。文名为他们赢得了时誉，也成为他们进身的阶梯。朝廷要人争相揽之于门下，同辈之人也趋之若鹜。

"致君尧舜上，再使风俗淳"，这是千百年来士人的普遍理想，柳刘年轻的心渴望着建功立业，匡扶时弊。而当时的唐王朝在经历了"安史之乱"后，已是风雨飘摇，百病丛生。

唐德宗李适去世以后，王叔文、王伾等人拥立唐

 论 语

顺宗李诵，并在其的支持下针对积弊大刀阔斧地革新朝政，史称"永贞新政"。新政使得百姓相聚，欢呼大喜。

由于王叔文的力荐，刘禹锡和柳宗元分别从八品御史擢任正六品的屯田员外郎和礼部员外郎。他们出入禁中，参与机要，联络内外，引导舆论，成为改革集团的核心人物，史称"二王、刘、柳"。

当此之时，柳宗元和刘禹锡激情澎湃，踌躇满志，以为天将降大任于斯人也。而对于政治形势的严峻和政治斗争的风险却缺乏认识，或者竟不以为意。

果然，风云突变。就在唐宪宗李纯即位的第三天，一批才高名重的革新派人士被斥出朝，贬为远州司马，史称"二王、八司马"，其中刘禹锡贬朗州，柳宗元贬永州。这一别就是11年。在这些凄风苦雨的日子里，刘禹锡贬和柳宗元书信往还，相互安慰，以自己的心温暖着朋友的心。

时过境迁，气候稍暖，在一些同情他们的大臣的努力下，朝廷发出了召回刘柳等仍然贬谪在外的五司马的诏令。江湘逐客终于等来了北归的春讯。

柳宗元和刘禹锡又见长安，又见故人。抚今思

夕，不禁感慨万千。而最令人叹息的是，去时红颜少年，归来鬓已星星。回想逝去的时光，不禁生出一种只争朝夕的紧迫感。

这次归来，他们有云开雾散的感觉，对建功立业也有着许多希冀。心情的愉悦激起了他们的游兴。在倾城看花的日子里，刘禹锡和柳宗元也来到了玄都观。

看到一院桃花，想起春风得意的衮衮诸公，刘禹锡触景生情，写下了那首著名的《元和十年，自朗州承召至京，戏赠看花诸君子》：

紫陌红尘拂面来，无人不道看花回。
玄都观里桃千树，尽是刘郎去后栽。

虽然以桃花花品不高而轻蔑之，是刘禹锡一贯的审美取向，但诗中表现的戏谑、嘲讽之意，也是十分明显的。

事态的发展完全出乎他们意料。只在长安待了一个月，同被召回的五司马又一例出为刺史，这一去更加遥远。柳宗元是柳州，刘禹锡去的则是最为蛮荒险

恶的播州,也就是今天的遵义。

惊闻此事,柳宗元悲从中来,泣下如雨,不是为自己,而是为朋友。他深知,跋山涉水,一路颠簸地前往播州,刘禹锡风烛残年的母亲断然是有去无回。而撇下老母无人奉养,刘禹锡也一样难逃不孝的恶名。

柳宗元悲愤于这种积毁销骨的迫害,不忍见朋友穷愁无措,断然决定上疏,请求自往播州,换刘禹锡去柳州,即使因此获罪也在所不惜。多亏重臣裴度从中周旋,柳宗元去了柳州。

挚友相携出了长安,一路南行,来到衡阳。分手在即,经历了几个月来的大喜大悲,重又置身荒烟故道,柳宗元潸然泪下,赋诗《衡阳与梦得分路赠别》,为自己,也为朋友叹息。

十年憔悴到秦京,谁料翻为岭外行。
伏波故道风烟在,翁仲遗墟草树平。
直以慵疏招物议,休将文字占时名。
今朝不用临河别,垂泪千行便濯缨。

本是少年得志，却偏偏仕途偃蹇，功业无成。看大雁北飞，感归程无望。听哀猿悲鸣，觉愁肠寸断。面对同样伤恸的友人，刘禹锡以《再授连州至衡阳酬柳柳州赠别》诗作深情作答："去国十年同赴召，渡湘千里又分歧。重临事异黄丞相，三黜名惭柳士师。归目并随回雁尽，愁肠正遇断猿时。桂江东过连山下，相望长吟有所思。"

友人情深义重的答诗，让柳宗元心潮起伏。他们今日一别，山高水远，前路茫茫，相见何时！如能归隐田园，比邻而居，那将是一种什么样的幸福啊！

柳宗元依依不舍，一气写下了《重别梦得》和《三赠刘员外》：

二十年来万事同，今朝歧路忽西东。
皇恩若许归田去，晚岁当为邻舍翁。

信书成自误，经事渐知非。
今日临歧别，何年待汝归。

朋友的每一句话都像是从自己心底涌出，刘禹锡

百感交集，遂有《重答柳柳州》，《三答柳柳州》作答：

> 弱冠同怀长者忧，临岐回想尽悠悠。
> 耦耕若便遗身老，黄发相看万事休。

> 年方伯玉早，恨比四愁多。
> 会待修车骑，相随出蔚罗。

柳宗元以安邦之才出刺荒州，尽职尽责，颇有惠政。闲暇时，两人依旧相互关怀，诗文唱和。柳宗元留下的100多首诗中，题赠刘禹锡的就有10多首。

他们出为刺史的第四年，刘禹锡痛失慈母。柳宗元3次派人往连州致祭，致书殷殷相劝，并约定待刘禹锡扶柩归乡至衡阳时亲往吊唁。但就在这时，刘禹锡随后又接到了从柳州来递送讣告的信使。

刘禹锡展读友人辞情哀苦的遗书，痛不欲生。柳宗元书中托以抚孤之事。因此，就在旅途中，刘禹锡含悲忍痛，安排柳宗元的后事。他驰书韩愈，托其为共同的朋友撰写墓志铭，接着又向死者生前好友分送讣告。

刘禹锡一回到洛阳,立即去柳州吊唁,并写下《祭柳员外文》。

8个月后,柳宗元归葬万年先人墓侧,刘禹锡携亡友遗孤前去祭奠,又写下《重祭柳员外文》。从此,他不负重托,视友人子如同己子,抚养成人,并呕心沥血编辑柳宗元诗文集,传之于世。

此后的20多年,刘禹锡辗转四川、安徽任刺史。虽然最终又回到朝中,出任翰林学士、太子宾客、检校礼部尚书等显职,但他早已是意兴阑珊。对友人的怀念,并未随时光的流逝烟消云散。

柳宗元和刘禹锡之间友、情,体现了儒家"五伦"中所说的友谊,有如夜空中的明月,有如黑暗中的烛光,一直照亮着古代文坛与政坛的一片天空。

犯而不校

曾子曰:"以能问于不能;以多问于寡;有若无,实若虚;犯而不校①。昔者吾友②尝从事于斯矣。"

曾子曰:"可以托六尺之孤,可以寄百里之命,临大节而不可夺也。君子人与?君子人也。"

曾子曰:"士不可以不弘毅③,任重而道远。仁以为己任,不亦重乎?死而后已,不亦远乎?"

子曰:"兴于《诗》,立于《礼》,成于《乐》。"

【注释】

①校:同"较",计较。

②吾友:我的朋友。一般都认为这里指颜渊。

③弘毅:弘,志量弘大。毅,强毅。

【解释】

曾子说:"自己有能力却向没有能力的人请教,自己知识丰富却向缺少知识的人请教;有才学就好像没有一样,满腹经纶却像空无一物一样;纵使被欺侮,也不去计较——以前我的一位朋友就这样做过。"

曾子说:"可以把年幼的孤儿托付给他,可以把国家的政权托付给他,面临生死存亡的紧急关头而不动摇屈服。这样的人是君子吗?是君子啊!"

曾子说:"读书人不可以不刚强而意志坚强,因为他担负着沉重的责任而且路途遥远。以实现仁德于天下为自己的任务,难道还不重大?奋斗终身,至死方休,难道路途不遥远吗?"

孔子说:"人的修养开始于学《诗》,自立于学《礼》,完成于学《乐》。"

 论语

【故事】

中华第一勇士蒙恬

蒙恬出身于一个世代名将之家。祖父蒙骜为秦国名将,在秦昭王手下,官至上卿。蒙恬成长于武将之家,深受家庭环境的熏陶,自幼胸怀大志,立志冲锋陷阵,报效国家。他天资聪颖,熟读兵书,逐渐培养了较高的军事素养。

公元前221年,蒙恬被封为将军,亲率大军攻破齐都,实现了秦始皇梦寐以求的全国统一。蒙恬也因破齐有功被拜为内史,成为京城的最高行政长官。

正当秦国都城咸阳城里欢庆胜利的时候,秦国北部边境传来匈奴频繁骚扰并大

举南侵的消息。匈奴军队杀人放火，抢劫牲畜财物，边疆人民苦不堪言。这时，秦国刚刚统一，人心思定，军民厌战。

蒙恬不顾连年征战的辛劳，接受北逐匈奴的命令，开赴河套一带。

公元前215年，秦始皇以蒙恬为帅，统领30万秦军北击匈奴，日夜兼程赶赴边关。扎下大营后，蒙恬一边派人侦察敌情，一边亲自翻山越岭察看地形。第一次交战，就杀得匈奴人仰马翻，四散溃逃。

公元前214年的春天，蒙恬跟匈奴人在黄河以北，进行了几场战争，匈奴主力受重创。这几场战争最具决定性的意义，匈奴人被彻底打败，向遥远的北边逃窜。蒙恬没有辜负众望，勘定河套，打得匈奴魂飞魄散。

经过河套之战，当时的秦军再无敌手，蒙恬也一跃成为秦帝国最为出色的将领。蒙恬勇敢作战、出奇制胜、击败匈奴的大战，是他一生征战的最大的一次战绩，人们称赞他是"中华第一勇士"。

在战争这期间，还发生了蒙恬和扶苏的一段友情插曲。

秦始皇统一全国后，为了巩固其政治统治，施行严酷的暴政。一场天下读书人的灾难席卷中华大地。

秦始皇大举焚书坑儒，他的长子扶苏竭力阻止，秦始皇非但不听，反而把他贬到边关，让他监督蒙恬守卫边疆。从此，扶苏和蒙恬就结下了不解之缘。

扶苏初到边关，甚为苦闷，蒙恬劝告他说，既来之则安之，守边也很重要。扶苏感到蒙恬待他诚恳热心，便安下心来协助蒙恬训练军队。两人甚是投机，便成了无话不说的朋友，这为蒙恬的含冤而死埋下了伏笔。

在蒙恬打败匈奴，拒敌千里后，带兵继续坚守边陲。他根据"用险制塞"以城墙来制骑兵的战术，调动几十万军队和百姓筑长城。

把战国时秦、赵、燕三国北边的防护城墙连接起来，建起了西起临洮，东至辽东的长达5000多千米的长城，用来保卫北方农业区域，免遭游牧匈奴骑兵的侵袭。

蒙恬又于公元前211年，发遣3万多名罪犯到兆河、榆中一带垦殖，发展经济，加强军事后备力量。蒙恬又派人马，从秦国都城咸阳至九原，修筑了宽阔的道路，缓解了九原交通闭塞的困境。

蒙恬还沿黄河河套一带设置了44个县，统属九原郡，建立了一套治理边防的行政机构。蒙恬和公子扶苏还曾经多次上书秦始皇请求减免徭役，同时，和扶苏商议如何合理安排人力，来减轻徭役。

蒙恬的这些措施，不但加强了北方各族人民经济、文化的交流和融合，更重要的是对于调动军队，运送粮草等具有重要战略意义。

风风雨雨、烈日寒霜，蒙恬将军驻守九郡10余年，威震匈奴，受到始皇的推崇和信任。然而，英雄背后往往都隐藏着各色的小人，致使很多英雄经常不是战死在沙场，而是饮恨不能善终。

蒙恬的死可以说是带着悲壮、无奈与叹惋。早在蒙恬被封为将军时，其弟蒙毅也位至上卿。蒙氏兄弟深得秦始皇的尊崇，蒙恬担任外事，蒙毅常为内谋，当时号称"忠信"。其他诸将都不敢与他们争宠。蒙毅法治严明，从不偏护权贵，满朝文武，无人敢与之争锋。

有一次，内侍赵高犯有大罪，蒙毅依法判其死罪，除去他的宦职，但却被秦始皇赦免了。从此时起，蒙氏兄弟便成了赵高的心病。

公元前210年冬，秦始皇嬴政游会稽途中患病，派身边的蒙毅去祭祀山川祈福，不久秦始皇在沙丘病死，死讯被封锁。

此时担任中车府令的赵高想立公子胡亥，于是就同丞相李斯、公子胡亥暗中谋划政变，立胡亥为太子。因早先赵高犯法，蒙毅受命公正执法，引起赵高对蒙氏的怨恨，因此，黑手就首先伸向了蒙氏。

秦始皇死后，赵高担心扶苏继位，蒙恬得到重用，会对自己不利，就扣住遗诏不发，与胡亥密谋篡夺帝位。他又威逼利诱，迫使李斯和他们合谋，假造遗诏。

"遗诏"指责扶苏在外不能立功，反而怨恨父皇，便遣使者以捏造的罪名赐公子扶苏、蒙恬死。

扶苏自杀，蒙恬内心疑虑，请求复诉。使者把蒙恬交给了官吏，派李斯等人来代替蒙恬掌兵，囚禁蒙恬于阳周。

胡亥杀死扶苏后，便想释放蒙恬。但赵高深恐蒙氏再次贵宠用事，对己不利，执意要消灭蒙氏，便散布在立太子问题上，蒙毅曾在始皇面前毁谤胡亥。胡亥于是囚禁并杀死了蒙毅，又派使者前往阳周去杀蒙恬。

使者对蒙恬说："你罪过太多，况且蒙毅当死，连坐于你。"

蒙恬说："自我先人直至子孙，为秦国出生入死已有3代。我统领着30万大军，虽然身遭囚禁，我的势力足以背叛。但我知道，我应守义而死。我之所以这样做，是不敢辱没先人的教诲，不敢忘记先主的恩情。"

使者说："我只是受诏来处死你，不敢把将军的话传报皇上。"

蒙恬长叹道："我怎么得罪了上天？竟无罪而被处死？"沉默良久又说，"我的罪过本该受死，起临洮，到辽东筑长城，挖沟渠一万余里，这其间不可能没挖断地脉，这便是我的罪过呀！"

于是吞药自杀。

 论语

董宣舍生取义不低头

儒家义利思想涉及社会生活的各个方面。在司法领域，维护法律的公正的尊严，就是坚守大义，表明摆正了义与利的关系。东汉时期的董宣为了维护法律的公正，舍生取义从不低头，是一个执法严格的官员。

董宣，出身寒门，耕读传家。汉光武帝刘秀建东汉后，广选人才，董宣在司徒侯霸的推荐下出去做官，后来升到北海相的位置上。

东汉政权巩固后，一些功臣贵族骄纵起来。山东青州有个叫公孙丹的家伙，新造了栋住宅，落成时竟然以人头为祭品祭天地。董宣闻知这种草菅人命的行径极为气愤，冲破重重阻力，将公孙丹判处极刑。

大司寇阴宏是朝里执掌刑律的官员，他和公孙丹是师生关系，为了报复，竟利用职权罗织罪名，将董宣判了死罪。

董宣的夫人悲悲切切地备好棺材，赶到法场准备

收尸。谁知同刑9人依次斩了8人时，圣旨送到，汉光武帝免了董宣的死罪，将其降职到江夏做太守。

董宣由于出身寒微，体察百姓的疾苦，所以执法中敢替百姓讲话，又得罪了外戚阴氏，再一次降职到洛阳做县令。这时的董宣已经69岁了。

在当时，洛阳是全国最难治理的地方。聚居在城内的皇亲国戚、功臣显贵们，常常纵容自家的子弟和奴仆横行街市，无恶不作。朝廷接连换了几任洛阳令，还是控制不住局面。

董宣知道自己的性格，更有不畏权贵的勇气。于是，赴任洛阳时，他带上了上次法场上没能用上的那口棺材，以表明自己的心志。

董宣到任后，第一件事就遇到了棘手的难题，这就是处理湖阳公主的家奴行凶杀人的案件。湖阳公主是光武帝的姐姐，她仗着自己和皇帝的姐弟关系，豢养着一帮凶狠的家奴，在京城里作威作福，为非作歹，横行无忌。

有一天，湖阳公主的家奴在街上杀了人，董宣得知情况，立即下令逮捕他。可是，这个恶奴躲进湖阳公主的府第里不出来，地方官又不能到这个禁地去搜

捕，急得董宣寝食不安。没有别的好办法，董宣就派人日夜监视湖阳公主的住宅，下令只要那个杀人犯一出来，就设法抓住他。

过了几天，湖阳公主以为新来的洛阳令只不过是故作姿态，虚张声势而已，就带着这个杀人恶奴出行，在大街上被董宣派出去监视的人发现。

负责监视的小吏立即回来向董宣报告说，那个杀人犯陪乘湖阳公主的车马队伍走，无法下手。董宣一听，立即带人赶来，在夏门亭附近拦住了湖阳公主的车马。

湖阳公主坐在车上，看到这个拦路的白胡子老头如此无礼，便傲慢地问道："你是什么人？敢带人拦住我的车驾？"

董宣上前施礼，说："我是洛阳令董宣，请公主您交出杀人犯！"

那个恶奴在马队里看到形势不妙，就赶紧爬进湖阳公主的车子里，躲在了她的身后。

湖阳公主一听董宣向她要人，仰起脸，满不在乎地说："你有几个脑袋，敢拦住我的车马抓人？你的胆子也太大了吧？"

可是，她万万没有料到，眼前这小小的洛阳令竟然怒气冲天，双目圆睁，猛地从腰中拔出利剑，厉声责问她："你身为皇亲，为什么不守国法？"

湖阳公主一下子被这凛然的气势镇住了，目瞪口呆，不知所措。

这时，董宣又义正词严地说："王子犯法，与庶民同罪，何况是你的一个家奴呢？我身为洛阳令，就要为洛阳的众百姓做主，绝不允许任何罪犯逍遥法外！"说完，一声喝令，洛阳府的吏卒一拥而上，把那个作恶多端、杀害无辜的凶犯从公主车上拖了下来，就地正法。

湖阳公主感到自己蒙受了奇耻大辱，气得脸色发紫，浑身打战。在洛阳城的大街上丢了这么大的面子，怎么能咽下这口气！她顾不得和董宣争执，掉转车头便直奔皇宫而去。

湖阳公主一见到弟弟汉光武帝，又是哭，又是闹，非让皇帝杀了董宣，替她出这口恶气不可。

汉光武帝听了姐姐的一番哭诉，不禁怒形于色。他感到董宣如此蔑视公主，这不等于也没把他这个皇帝放在眼里吗！想到这里，便喝道："快把那个董宣

捉来,我要当着公主的面把他乱棍打死!"

董宣被捉来带上殿后,他对皇帝叩头说:"请允许我先说一句话,然后再处死我!"

汉光武帝十分恼怒,便说:"你死到临头了,还有什么话说!"

董宣十分严肃地说:"托陛下的圣明,才使汉室再次出现中兴的喜人局面。没想到今天却听任皇亲的家奴滥杀无辜,残害百姓!我真不明白,你口口声声说要用文教和法律来治理国家,现在陛下的亲族在京城纵奴杀人,陛下不加管教,反而将按律执法的臣下置于死地,这国家的法律还有何用?陛下的江山还用什么办法治理?"

董宣心想,流我一腔血,换来万民欢,值得!他对汉光武帝说:"要我死容易,用不着棍棒捶打,我自寻一死就是了。"说着,便一头向旁边的殿柱上撞去,只听"砰"的一声,董宣立时满头满脸都是血。

汉光武帝不是个糊涂的君主,董宣那一番理直气壮的忠言,以及刚直不阿、严格执法的行动,深深地打动了他的心。他又惊又悔,赶紧令卫士把董宣扶住,给他包扎好伤口,然后说:"念你为国家着想,朕就不再治你的罪了。不过，你总得给公主一点面子，给她磕个头，赔个不是。"

董宣忍住剧痛，理直气壮地说："我没有错，也无礼可赔！这个头我不能磕！"

汉光武帝只好向两个小太监使了个眼色，示意他们把董宣搀扶到公主面前磕头谢罪。

两个小太监照办。这时，年近70岁的董宣用两只胳膊支撑着地，硬着脖子，就是不肯磕头认罪。两个小黄门使劲往下按董宣的脖子，只见董宣脖子上青筋暴突，倔强的头颅昂然上挺，怎么也按不动。

汉光武帝对董宣说："你这个强项令，脖子可真够硬的，还不快点退下去！"

湖阳公主自知理亏却仍耿耿于怀，不出这口气心里憋得慌，便冷笑一声，叫着汉光武帝的字说："嘿嘿，文叔当老百姓的时候，常常在家里窝藏逃亡的罪犯，根本不把官府放在眼里。现在当了皇帝，怎么反而连个小小的洛阳令也不敢驾驭了呢？我真替你脸红！"

汉光武帝回答得也真妙。他笑着说："正因为我当了一国之君，才应该律己从严，严格执法，而不能

论 语

像过去做平民时那样办事了。你说对不对呀！"

随后，汉光武帝赐董宣30万钱，董宣把这些钱全部分给了洛阳府诸吏。

以后，董宣继续打击不法的豪门贵族。洛阳的土豪听到他的名声都吓得发抖。人们一想到他在朝堂之上挺着脖子不低头的样子，就都称他是"卧虎"，意思是"躺着的老虎"。

董宣74岁时去世了，汉光武帝派人去他家里慰问，见到布被覆尸，妻子对哭，家中只有大麦数斛、弊车一乘，原来董宣还是个清廉的官吏。刘秀知道了，非常难过，说道："没想到董宣如此廉洁！"下诏给董宣举行了大夫级别的葬礼。

董宣大义在心，坚持真理，由此所表现出来的舍生取义的精神，代代传颂，家喻户晓。后来，洛阳人为了怀念他，就在老城东大街现民主街口的路北为他建了"董公祠"。祠中一棵国槐，干已枯空，仍枝条婆娑，绿阴遮人，恰似董公美名永存。